大清新的小幽默

Humor

耿沫 编著

南京出版传媒集团
南京出版社

图书在版编目(CIP)数据

大清新的小幽默 / 耿沫编著. -- 南京 : 南京出版社，2017.5

ISBN 978-7-5533-1715-1

Ⅰ. ①大… Ⅱ. ①耿… Ⅲ. ①笑话－作品集－世界 Ⅳ. ①I17

中国版本图书馆CIP数据核字（2017）第054721号

大清新的小幽默

书　　名：大清新的小幽默

作　　者：耿　沫

出版发行：南京出版传媒集团 南京出版社

社　　址：南京市太平门街53号　　邮　　编：210016

网　　址：http://www.njcbs.cn　电子信箱：njcbs1988@163.com

淘宝网店：http://njpress.taobao.com　天猫网店：http://njcbcmjtts.tmall.com

联系电话：025-83283893、83283864（营销）025-83112257（编务）

出 版 人：朱同芳

出 品 人：卢海鸣

责任编辑：严行健

装帧设计：刘潇然

责任印制：杨福彬

策　　划：北京日知图书有限公司

印　　刷：北京艺堂印刷有限公司

开　　本：720毫米×1000毫米　1/16

印　　张：11

字　　数：180千字

版　　次：2017年5月第1版

印　　次：2017年5月第1次印刷

书　　号：ISBN 978-7-5533-1715-1

定　　价：29.90元

前言

Foreword

生活中总是充满了压力。我们应该感谢那些在生活中为我们带来幽默和欢笑的人和事。

一个充满幽默的人，必定是一个智慧的人。他知道在面对别人的刁难、嘲笑和讽刺时，拿起幽默的武器，令对方哑口无言又佩服不已；他也知道在大道理面前，讲个段子要比来个演讲管用得多；他更知道无论在什么样的逆境中，幽默是一种态度，是一种如同向日葵在雨中依然灿烂的姿态，让人积极向上，能量满满。

幽默的人，运气永远不会太坏。因为他的幽默，会给周围带去轻松、愉悦的“磁场”，无论人和事，总会被这种“磁力”感染，再负面的情绪，也能被它转变为积极向上的正能量。

因此，很多人希望自己成为幽默的人，可结果总是“幽”不起来，那该怎么办呢？

其实，幽默不是天生的，是需要人生历练和沉淀的。当你现在再以小孩的眼光去看待事物，以宽大的胸怀去理解事情时，幽默的力量便会神奇“附体”。如果是有心之人，你就会发现生活中并不缺少幽默，而是缺少发现幽默契机的眼睛。

生活的内涵是于小见大、滴水藏海，本书中精选的幽默故事便是如此。他们是政治伟人，也是幽默大师；是娱乐名人，也是让人亲近的普通人，通过他们的幽默故事，我们似乎看到一个接地气、有血有肉的“超级明星”。此外，精美的、纯手绘的“大清新的幽默故事”连载漫画，让你在名人光环的映照下，找到属于自己的小幽默——千万不要对号入座哦，这只是逗你开心一笑！

目录 Contents

Part 01

幽默一出手，就知有没有 1

2 林肯：伟大而幽默的人

12 罗斯福：西部牛仔的狂野

16 杜鲁门：为一吻而发奋

22 里根：伟大的沟通者

28 老布什：斯文外表下的幽默

32 克林顿：魅力无处不在

38 小布什：不知所云的幽默

48 丘吉尔：爱雪茄，爱幽默

60 撒切尔：“铁娘子”也很憨

Part 02

幽默学一招，嘴上乐“滔滔” 63

64 蔡康永：一个睿智的绅士

68 徐熙娣：一个疯狂的女人

74 吴宗宪：“综艺天王”爱耍宝

78 欧弟：模仿达人很搞笑

82 窦文涛：教你说“人话”

86 陈鲁豫：故事讲得很到位

88 李咏：自信的“另类”主持

92 郭德纲：主持也像说相声

94 崔永元：说“实话”，很幽默

98 孟非：光头的牵线“月老”

102 何炅：大本营里有“活宝”

Part 03

怪事真稀奇，幽默就不离 105

106 小偷开吊机偷古桥

110 一个有22种人格的女人

114 神奇的事情真是多

118 搞笑诺贝尔奖来了

124 让人跪拜的淘宝神回复

Part 04

推理真与否，幽默跟着走 131

132 那些狡猾的“坏家伙”

136 眼见的，往往不为实

142 用“剥葱”的方法破案子

148 小线索成了大关键

154 谁能玩转“案中案”

158 竟有这么荒唐的“计划”

162 自己成了“替罪羔羊”

Part 01

幽默一出手，就知有没有

罗斯福再现“西部狂野牛仔”；

杜鲁门为“香吻”而发奋，根本停不下来；

小布什玩幽默，很冷很尴尬；

丘吉尔抽根雪茄，讲个段子；

“铁娘子”撒切尔也有憨的时候。

The Humorous Story

林肯：伟大而幽默的人

亚伯拉罕·林肯，美国第16任总统。

与很多出身名门的美国总统不同的是，他是一个鞋匠的儿子——家里贫穷，9岁丧母，15岁开始读书；结婚后，因妻子脾气暴躁，生活在痛苦中；他从政，参加竞选，多次失败，直至年过半百，才成为美国总统。

在他任期的时候，南北战争爆发，他受尽煎熬。战争结束没多久，他在歌剧院惨遭刺杀……这样的总统是在接踵不断的磨难中度过一生的。

尽管他的生活充满挫折，但他喜欢笑，深信幽默是智慧的提示，是缓解压力的良方，有关他的幽默故事也流传至今。

三言两语，幽默犀利

一次，有人向林肯推荐官员。林肯对推荐的人不甚满意。别人就问：“为什么呢，总统先生？这人出身名门啊！”

“我不太喜欢他的长相。”林肯说。

那人说：“你是一国元首，怎么还肤浅地以貌取人呢！”

林肯回答：“人过了40岁就要对自己的长相负责。”

林肯曾经是美国军队里的一名士官。他当时的上司是一个矮子上校，而林肯却是出了名的高个子。在训练的时候，林肯不得不弯一点儿腰，好听清楚上校的话。可是，部队非常讲究昂首挺胸的精神面貌。每次林肯弯腰，上校都会矫正林肯的姿势。

“林肯，把腰板挺直了！”

“高个子，抬起头来！”

最后，林肯实在忍无可忍，问上校：“先生，我是不是要一直保持昂首挺胸的姿势？”

“那当然了！”

林肯无奈地说：“那么，再见了，我永远看不到你了。”

林肯的朋友们正在讨论人腿是长点儿好，还是短点儿好。林肯听到他们的议论后，插话说：“我认为一个人腿长得刚好能挨着地面就算好。”

一次，林肯总统需要回见某国的元首。这个国家元首的个子跟林肯一样，也是又高又瘦。两个人在一起，就像两根竖起的炮管。林肯看着他身边的伙伴，高兴地说：“先生，想不到有人比我还高呢！你当一个高个总统的感觉如何？”

那位总统眨着眼睛，反问道：“你说呢？不过，我倒觉得整天像吃了火药似的，老想着放炮。”

费城有一位秃头兄老是喜欢到白宫来麻烦林肯帮忙。刚开始的林肯总是很耐心地解决他的困难，但是到了最后发现应付秃头兄的时间实在太多了，连耐心的林肯也开始觉得厌烦了。当秃头兄再次来到白宫时，林肯二话不说从柜子里拿出一个装着液体的瓶子，说：“我发现一种能治秃头的灵丹妙药，你只要一天喷上三次，在十个月内，就会令你重新拥有一头乌黑亮泽的秀发。”听起来，林肯就像做广告的。秃头兄听了后问：“真的吗？”“那是当然，这药水能让南瓜长出头发来。”

一天，一位老妇人从宾夕法尼亚州来到白宫。原来，她的儿子是一位士兵。老妇人想恳求林肯总统赦免被判死刑的儿子。林肯问同样来自宾夕法尼亚州的幕僚，幕僚说：“这件事真不好办，不过我会赦免这孩子。”于是，林肯签下了一张赦免书，交给了老妇人。老妇人接过之后，激动得热泪盈眶，不停地感谢林肯。

老妇人回去的时候，遇到了那位老乡幕僚，对他说："这真是一个大谎言！"

"你在说什么呢？"

老妇人说："我常在乡下听人说，总统先生是一位丑陋的男人，但是他是我见过最英俊的男人。"

林肯个子很高，大多数人的身高只到他的肩膀位置，所以他常常要"居高临下"地看别人。一次，林肯高兴地发现一位比他高的军士，便惊讶地问军士："先生，你真高啊！你的头距离你的脚真的很远，当你的脚冷的时候，你头脑知道吗？"

林肯不是一位英俊的先生。一天，林肯和民主党人士斯蒂芬·道格拉斯展开激烈的辩论，林肯被讥讽为两面派。林肯也不生气，说："先生，你说得不对。假如还有一副面孔，我还会戴这副难看的面孔吗？"

林肯不是富有的人。在总统竞选的时候，他不像其他的候选人那样有专车，但是他有朋友们为他准备的耕地用的马车。每次他都会站在马车上发表竞选演讲："我的无价之宝是妻子和儿子。此外，还有一个租来的办公室、一张桌子、三把椅子、一个大书柜，书柜上的书，很值得一读。剩下的就是又穷又瘦、脸又长的我。这样的我实在没有什么可以依靠的，唯一可以依靠的就是你们。"

林肯这样一说，马上拉近了和选民的距离。

林肯非常喜欢讲笑话，一次他和一位编辑交谈，讲到他不该参加他们的聚会。他解释说："一次，我在乡下遇到一个女人。她看了我好一会儿后，说我是她见过最丑的男人。我回答说：'抱歉，女士，我生来就丑。'那女人说：'那你应该家丑不要外扬。'"

“林肯式”回应

林肯的妻子玛丽·托德是一个脾气暴躁、个性骄横的人。她在做了总统夫人后，更是觉得自己高高在上，不可一世。这样的坏脾气令林肯很是受不了，但是又无可奈何。

玛丽不仅脾气暴躁，还喜欢大肆挥霍，常居高临下对人大发雷霆——林肯总是听到妻子对肉铺、杂货店的人痛斥，对仆人的谩骂等。林肯对于这位妻子真是不胜其烦。

一次，玛丽吃点儿小亏，就跑去骂商人。受不了的商人找林肯诉苦。林肯一边听着，一边痛苦地用双手捂着脸，最后很认真地望着商人说：“先生，没有谁比我更理解你的苦楚了。因为我已经被她折磨了15年了。”

长知识

亚伯拉罕·林肯是美国历史上第16任总统，因领导拯救联邦和结束奴隶制度的伟大斗争，而深受美国人民爱戴。

林肯喜欢凡事亲力亲为。一次，成为总统后的他正在认真地给自己擦皮鞋，一位官员进来看到这样的情景，大惑不解地问：“总统先生，你还要给自己擦皮鞋？”

林肯满脸诧异地望着他：“难道你给别人擦皮鞋吗？”

当时，一位税务官刚过世，一个觊觎税务官位置很久的人问林肯，自己能不能代替前税务官的位置。林肯风趣地回答：“先生，这个问题你应该去问殡仪馆吧！”

林肯在一次演讲中，收到一张传递上来的纸条，纸条上只写着“笨蛋”两个字。林肯看完之后，笑呵呵地扬起手中的纸条，对观众说：“现在，我手里的纸条，没有内容，只留下一个签名。”

林肯步行外出，他看到一辆车正驶过来。他想搭顺风车，于是伸手拦下车，问司机：“先生，劳驾可以帮我把这件大衣捎到城里去吗？”

“没问题，”司机回答说，“不过，我要怎样把大衣还给你呢？”

林肯说：“很简单，我会裹在大衣里头的。”

司机一听，马上笑了，让林肯上了他的车。

林肯有着宽阔的心胸，无论是对待朋友还是敌人，都宽容以对。

一位议员批评林肯对待政敌的态度太过于宽容，质问他：“你为什么试图和敌人交朋友呢？你应该消灭他们。”

林肯温和地答道：“难道我不正是做着消灭他们的事情吗？当敌人能成为我的朋友，敌人也就不存在了。”

一次，一位德高望重的老妇人要求林肯给他的儿子一个上校职位，她理直气壮地说：“总统先生，我的祖父在雷新顿战役中奋勇杀敌，我的叔父坚守着布拉敦斯堡，而我父亲为纳奥林斯之战挥洒热血，我丈夫在曼特莱牺牲。”

“夫人，对于你的家族三代为国家做出的贡献，我深表敬意，但是你能不能留给别人一个为国效命的机会呢？”

一天，林肯和大儿子罗伯特一起上街。

在路上，他们的马车被路过的军队堵住了。林肯望着走过来的军队，想知道这是来自哪个部队的军队。于是，他开了车门，问路边的人：“请问这是什么？”路人以为林肯不知道走过的是什么人，便说：“联邦军队啊！不然你以为是什么？蠢蛋！”“噢，谢谢。”

林肯关上了车门，看到一脸笑意的儿子，严肃地说：“在这个年头，还有人对你说诚实的话，真是难得的事。”顿了顿，他又说，“看来，我真的是一个蠢蛋。”

林肯曾经当过律师。一次，他作为辩护律师出庭。在法庭上，控方律师是一个啰唆的人，就简单的论据，也要翻来覆去地陈述两个小时。庭上的人包括法官在内，已经非常不耐烦了。此时，林肯站起来，脱下他的外衣，放到桌面上，再拿起桌面上的杯子，喝了几口水，再穿上衣服，接着又喝了口水，然后再穿上衣服。这样的动作，林肯反复做了五六次，期间他一言未发，但是庭上的人心领神会，不断爆发出笑声。林肯看火候差不多了，就开始了他的辩护演说，最后辩得对方律师哑口无言。

林肯是鞋匠的儿子，很多政敌喜欢揪着这点来嘲笑他。

一次，林肯又遇到这样的情况。他从容不迫地回答："是的，家父是一位鞋匠，但他是一位技艺高超的鞋匠。我希望我的治国本领能像家父做鞋的本领一样高超。"话音刚落，众人喝彩，从此再没人质疑鞋匠的儿子。

林肯成为总统之后，遭到很多人的质疑和诽谤。他们喜欢在背地里取笑新总统的样貌和背景，取些外号来讽刺他，像"大猩猩、怪物、白痴、太监、顽固者、小丑、篡夺者、叛徒、疯子、错误制造者"等。纽约一家报纸甚至把林肯比喻为"林荫大道另一边的狒狒"，暗喻他汗毛浓密。

有好事者问林肯："当上总统的感觉怎样？"他说："你应该听过那些犯了错的人会被浇一身柏油，然后粘上羽毛，最后被赶出城里的故事吧！常有人问受罚者的感受，而他们的回答是：'如果不是为了荣誉，我宁愿走着出去。'"

1864年在国会议员的竞选上，林肯的主要对手是口齿伶俐的新教牧师卡尔莱顿。一个星期天的早晨，林肯像往常那样到教堂做礼拜。牧师卡尔莱顿见到林肯进场后，突然问："你们中有谁愿意把自己奉献给神，升去天堂？如果有的话，请站起来。"全场的人都站了起来，除了林肯。卡尔莱顿又发问："有谁不愿意下地狱的，请起立。"刚刚坐下来的人们，又站了起来，林肯仍然没有动。

卡尔莱顿直接对林肯发难道："当我问谁愿意升天堂的时候，除了你，每个人都站了起来；当我问谁不愿意下地狱的时候，还是除了你，每个人都站了起来。林肯先生，你到底想去哪里？"

林肯悠悠地说："卡尔莱顿牧师，我是来这里做礼拜的。不过既然你问了，我就告诉你，我将要去国会。”此时，所有在场的人都为林肯拍手喝彩，而牧师羞得无言以对。

长知识

1865年4月4日晚，就在南方军队投降后第5天，林肯总统在华盛顿剧院遇刺身亡，终年56岁。

一次，一个来自奥地利的伯爵居高临下地向林肯讨要工作。伯爵炫耀着他高贵的血统和显赫的身份。等伯爵滔滔不绝地讲完之后，林肯满脸遗憾地说：“我可以保证，你的贵族背景和显赫身份不会成为你找工作的障碍，你知道，这不是你的错。”

南北战争时的幽默故事

有一天，林肯与国务卿威廉姆·西华德、秘书约翰·海前往麦克莱伦将军的寓所拜访。他们来到的时候，将军夫妇并不在家，他们被告知两个人外出参加婚礼。三个人便待在将军的寓所，等待他回来。

麦克莱伦将军回来后，只是冷淡地对林肯等人打了一下招呼，然后径直上楼。三个人又在那里等了将军半个多小时，直到仆人再次禀报：“将军已经休息了。”最后三个人无功而返。

在路上，国务卿和秘书非常愤慨于麦克莱伦的傲慢。林肯则笑着劝慰两个人不要为将军的臭脾气而生气。两个人都很惊讶，而林肯一脸认真地说：“如果麦克莱伦能取得胜利，我宁愿给他擦鞋。”

后来事实证明了这位将军也没有多大的本领。林肯撤换他后，一直没有遇到能够胜任的人，直到遇到了格兰特将军。

但是，有的人并不待见这位格兰特将军，他向林肯报告说，这位将军常在前线上喝酒。林肯笑着说：“那你帮我打听下格兰特将军喝的是什么酒，我给前线的每位将领都送一瓶过去。”

林肯喜欢任用一些反对他但是有真正才干的人，他的军事顾问就是这样的人。

一天，有人跟林肯说他的军事顾问是蠢材，林肯听了笑着说：“是吗？

那我想我也是一个蠢材，因为我认为他做的决策是对的。”

曾经有人问林肯，在南北战争中南方联军有多少人。林肯说：“约120万人。”问的人非常惊讶：“竟然有这么多？你是怎么知道具体人数的？”

“因为我的将领在汇报战况的时候，说敌我军队比例是四比一，我知道我军约40万人，那么敌军就是120万了。”

乔治·麦克莱伦是个过于谨慎且优柔寡断的人，在领导攻击南军的事情上，犹豫不决。对此，林肯很是头痛。

一天，林肯写信给麦克莱伦：“尊敬的将军，如果你用不上你的20万大军，就请借给我吧！”林肯的意思是麦克莱伦将军在战场上没有作为。被激怒的将军马上写了一份详细的报告，并在信中写道：“我们刚刚抓获了6头奶牛，请指示应该怎样处置。”将军的意思是林肯管得太多了，没有给他足够的领导自由。林肯在回信中毫不客气地写了两个字：挤奶。

1861年，联邦政府军被南部同盟军打败，联邦军四处逃命。

林肯描述这种仓皇逃命的情景时，比喻道：“我想起了伊利诺伊州有一个男孩，他喜欢上一个漂亮的女孩，并开始大胆追求她。但是女孩的父亲非常讨厌男孩，就威胁男孩‘假如敢再走近他家门口半步，他就开枪’。此后，男孩不敢再去女孩家了，不过他并没有放弃追求女孩。一次，他听说女孩的父亲出城了，就大胆地来到女孩家，找女孩聊天。当两个人浓情蜜语、卿卿我我的时候，男孩猛然发现女孩的父亲带着枪从转角走过。男孩迅速跳过栅栏，像狼一样狂奔起来。男孩穿过草地时，有一只野兔在那里。受到惊吓的兔子，站起来跑在男孩前面，不过兔子并不是真正在跑，而是大步跳。男孩赶上兔子后，斥责道：‘走开，别挡我的路，我要让你见识一下一个真正会跑的人是怎样跑的。’”林肯这是在讽刺逃跑的士兵。

南北战争的时候，有很多所谓的战争专家要给林肯提意见。一位编辑告诉林肯应对这场战争的策略。林肯不厌其烦，说道：“你们让我想起了一个发生在得克萨斯州老农身上的故事。在一个雷雨交加的晚上，农夫没有办法找到露宿的地方，响亮的雷声把农夫吓得够呛，不得已他下马牵着马走。这时一阵闪电照亮了森林，老农吓得跪在地上，向上帝祷告：‘上帝，如果闪电和打雷对你来说是一样的，那么请多给点儿我光明，少点儿噪音吧！’”

林肯对小动物有着一颗善良的心。在南北战争之后，一次他在白宫附近见到有三只小猫在徘徊。他抱着三只小猫，爱抚着它们，然后温柔地问道：“孩子们，你们的妈咪呢？”他的随从告诉他，小猫们的妈妈死了。林肯一听竟然伤心了，说：“可怜的东西，这个国家有着很多和你们一样失去妈妈的孤儿，而这场战争又令很多孩子失去了英勇的父亲。”接着，他命令随从好好照顾三只小猫。

1863年，林肯紧急召集内阁成员回到白宫召开重要会议。成员到场后，发现他们的总统先生正在悠闲地看着一本书。

林肯看到人员到齐后，没有马上说明会议目的，而是说：“先生们，我正在读一本书，这本书非常有趣。”说着，他举起书，诵读书中的一节。而后林肯合上书，满意地看着人们困惑的表情。

当陆军部长史坦顿正要离开时，林肯马上说：“诸位，不必严肃，你们应该多笑一下。我知道形势紧张，但是我不笑的话，就会死掉。”说完，林肯拿出了一张纸，对着全体成员严肃地说：“我对上帝有过承诺，而现在就是我兑现承诺的时候，这就是我所草拟的内容。”接着，林肯签署了具有历史意义的《解放宣言》。

24小时可取

The Humorous Story

罗斯福：西部牛仔的狂野

富兰克林·罗斯福，美国第32任总统。

罗斯福有着杰出的执政能力，在美国经济大萧条时期，提出新政，挽救了美国经济。

在第二次世界大战中，他是美国国内首批支持帮助盟国的政治人士，推出《租借法案》援助盟国。“二战”结束后，他在维护和塑造世界秩序中，发挥了至关重要的作用。

罗斯福被认为是美国最伟大三位总统之一，与华盛顿、林肯齐名。而罗斯福的幽默能力和他的执政能力一样高超，他的幽默曾经给人们带来不少趣闻逸事。

任期前后的事情

罗斯福还不是总统的时候，家里曾被盗窃，损失惨重。他的朋友知道这件事后，纷纷写信安慰他。罗斯福看完信件之后，大笔一挥，写了回信：“谢谢你的来信，家中遇窃，实为不幸，不过我内心平静，因为：第一，窃贼偷走的是身外物，不是我；第二，窃贼偷走的是一部分，不是全部；第三，最值得高兴的是，窃贼是他，不是我。”

罗斯福对经济现状有着很深的研究，在竞选美国总统的时候，他就三个经济术语进行了“罗斯福”式的通俗解释：“经济衰退，就是你的邻居失业了；经济危机，就是你失业了；经济复苏，就是我的竞争对手失业了。”

1912年，罗斯福在竞选总统的时候，在新泽西州的一个城市进行竞选演说。他主张妇女参政，且妇女应该获得她们的选举权和被选举权。台下一位和罗斯福持相反意见的人毫不客气地大声质问道：“上校，五年前你不是反对妇女参政的吗？”

罗斯福似乎很高兴有人提出这个问题，微笑着说：“没错，先生。五年前的我学识不足，支持错误观点。现在看看我有多大的转变吧！要知道五年时间，地球都能绕着太阳转五圈了！”

罗斯福没有企图掩盖自己的过去，还坦承过去的错误观点，做出了风趣的解释和论证，赢得了在场人的好感。

罗斯福在还没有成为总统之前，曾经在国家海军区工作过。

一天，他的一位朋友问他有关大西洋某个小岛上海军秘密筹建基地的计划。罗斯福非常神秘地环顾了一下四周，然后压低了声音说：“你能保守秘密吗？”“当然可以了。”“伙计，我也能。”

幽默的回击

1944年，罗斯福在访问期间，不小心把爱犬法拉留在了阿拉斯加的阿留申群岛上。

丢失爱狗之后的罗斯福很是焦急，一心想找回法拉，不惜下令派遣一艘驱逐舰搜救法拉。这时正是总统大选的时候，共和党的人马上就此攻击罗斯福，说他滥用职权。罗斯福回击说：“对于共和党的攻击，我妻子不在乎，我儿子不在乎，我也不在乎，但是我的狗法拉在乎！”罗斯福的意思是，我们不在乎你们在说什么，但是你们所说的将会影响到一条无辜的小生命。

罗斯福这样有力的回击，马上赢得了选民支持，毕竟美国是一个爱狗的国家。现在，在罗斯福的塑像一边，就有着一只小狗的塑像，那就是他的爱狗法拉。

罗斯福在执政的时候，喜欢玩一个心理小测试。他喜欢在陪同宾客从会客室走向他的办公室的时候说一个冷笑话，然后观察宾客对冷笑话的反应。罗斯福总结道："如果人们听了我的冷笑话哄然大笑的话，说明他们有所求；如果人们只是礼貌地回应，有节制地微笑，那就是带着条件来讨价还价的。这个实验屡试不爽。"

罗斯福听说人们在社交场合不会注意低声说话的人。为检验这种说法是不是真的，他在白宫的大型宴会上与每位客人握手。罗斯福露出他标志性的微笑，低声跟客人说："就在今天早上，我谋杀了祖母。"实验结果是，在一百多位客人中，只有一位银行家对此做出了回应："她一定罪有应得吧！"其他人均没有听到这句话。

长知识

罗斯福是美国历史上唯一一位连任三届的总统，也是美国迄今为止在任时间最长的总统。

1944年，罗斯福第四次成为美国总统。《先锋论坛》的一位记者去采访这位特别的总统："对于四次连任，您有什么感受？"罗斯福没有马上回答，而是请记者吃了一块三明治。

记者接受了总统的盛情，很快就吃完了桌面上的三明治。罗斯福一直笑眯眯地望着他，然后再邀请他吃了第二块三明治。记者感到莫名其妙，但也不好意思拒绝，于是又抓起一块三明治吃了起来。

记者吃完之后，罗斯福又要请他吃一块，可记者实在吃不下去了。罗斯福看着他哈哈大笑起来："现在，你该知道我的亲身感受了吧？"

失眠

The Humorous Story

杜鲁门：为一吻而发奋

哈利·斯·杜鲁门，美国第33任总统。

杜鲁门是一位素以友善和谦逊闻名的总统，也是一位很有才能的总统。

他的才能不但表现在治国和外交上，还有他的幽默感上。他有着不逊于任何一位美国总统的幽默感，常能把干戈化为玉帛，让大家一笑了之。

杜鲁门发奋只为一吻

杜鲁门曾经对人们讲过这样的故事：在1901年的一所普通高中里，有一位英文老师，她叫蒂莉·布朗，她年轻漂亮、对人和善、富有魅力，深受学生欢迎。学校里的男同学都希望自己能获得布朗小姐的青睐，但是似乎她最宠爱的学生只有一位，叫查理·罗斯。

查理是布朗小姐的宠儿这件事，不是什么秘密。能获得全校最受欢迎老师的关注，查理觉得很有压力。为了对得住“老师的甜心”的名号，他要比其他同学多一点儿才能。尽管查理在其他方面表现优秀，但是同学们还是喜欢嘲笑他——假若这位查理先生，日后不能成为一位大人物，布朗小姐会生气的。

高中毕业典礼的时候，查理代表全体学生上台致辞。代表同学上台致辞，这是一种至高无上的荣誉。不只这样，查理还是学校学生年刊主编。所有的身份和成绩，表明查理绝对对得住布朗小姐的厚爱。

在毕业祝词结束之后，查理和其他人一样上台领取毕业证。轮到查理的时候，布朗小姐站了起来，走到查理的跟前，当着众人的面，亲吻了查理。这就是布朗小姐送给查理的个人贺礼。在其他学生看来，布朗小姐的吻就是最高的荣耀，如同一位在战场上英勇杀敌的将军，在回国之后受到举国上下甚至国王的亲自迎接，而布朗小姐的吻就是这样。

查理本以为自己会遭到其他学生的哄笑、叫嚣，可是什么都没有发生，取而代之的是一片沮丧和安静。男孩们不满布朗小姐的偏心，在众目睽睽之下亲吻学生。

有几个实在气不过去的男孩，包围了布朗小姐。带头的学生问她为什么要偏心，冷落其他学生。布朗小姐微微一笑，她说查理是靠努力获得了她的赞赏。如果其他学生同样优秀，她也会亲吻他的。

带头的学生不是别人，就是后来的杜鲁门总统。他非常喜爱布朗小姐，希望能获得她的青睐。于是，他开始勤奋努力起来。

多年过去之后，杜鲁门通过行动证明了自己，证明了自己是值得得到布朗小姐的一吻的。

与生俱来的幽默

杜鲁门成为总统后，需要解决一系列经济问题，他身边经常围绕着一堆提意见的经济学家。在杜鲁门看来，经济学家是最难懂的生物，他不知道他们谈论的内容，但他们却会让他觉得这都是他的错。

杜鲁门最讨厌的是经济学家的含糊其辞。他曾经说过："我希望能找到只有一只手的经济学家。"他的幕僚们听到这句话，十分不解。杜鲁门接着解释："他们老喜欢在提经济意见的时候说，一方面（one hand）……另一方面（on the other hand）……"幕僚们大笑。

在白宫工作的人们喜欢称呼杜鲁门总统为"老板"，但是杜鲁门自己却称呼第一夫人为"老板"，足见他是一位"妻管严"。杜鲁门喜欢带着很多问题去请教他的"老板"。第一夫人也乐于和先生讨论问题。杜鲁门认为妻子的意见很有道理，他曾经自豪地说："我的老板是唯一能骂我，而不用担心自己会受到惩罚的人。”

杜鲁门成为总统后不久，他的母亲迎来了一位客人的拜访。客人说：“有一位杜鲁门这样的总统儿子，想必你一定十分骄傲。”杜鲁门母亲非常同意：“那是当然，不过我也为我另一个儿子骄傲，此时他正在外面种田。”

一次，丘吉尔和杜鲁门需要会面斯大林。两个人微笑着走到斯大林旁边，准备跟他说一个笑话。他们对斯大林说前天晚上他们做了一个有趣的梦。“那是怎样的梦呢？我的朋友。”斯大林问道。

丘吉尔首先说：“我梦到自己成了世界的统治者。”

杜鲁门紧接着说：“我梦到自己成了宇宙的统治者。”

杜鲁门不喜欢住在人人称羡的白宫，他风趣地称白宫为“白色监狱”。在白色监狱里，他常听到仆人给他讲有关白宫闹鬼的事情。刚开始杜鲁门半信半疑，直到他遇到后，才信确有其事。

一天晚上，他在九点钟就关房门上床睡觉了。在凌晨四点钟，他听到三声敲卧室门的声音。杜鲁门被惊醒之后，马上打开卧室门，可他发现门外什么都没有，于是去客厅里巡视一番，又到其他房间查看一番，均不见有人，决定回床上睡觉。

在重新躺回床上的时候，他又听到隔壁房间有脚步声。他马上冲过去查看，却发现什么人都没有。他认为白宫真的是闹鬼了。第二天他把事情告诉了特工和妻子。他开玩笑地说：“白宫最好改为博物馆，然后给总统付一笔房租补贴，那样我和我的妻子就能回到康涅狄格大街的公寓了。”后来有人提议杜鲁门：“睡觉的时候，你最好锁上卧室门，再拿几把椅子挡在门后。”

玛格丽特还建议他：“你最好把卧室门锁上，在门背后挡几把椅子。下次听到有人敲门，千万不要理会，说不定是詹姆斯·加菲尔德来敲的门。”（詹姆斯·加菲尔德是美国历史上第20任总统，在任期间被人暗杀）

一次，杜鲁门收到一位老朋友的邀请，要他去参加朋友在旧金山的聚会。杜鲁门非常高兴，因为他非常想念这位老朋友，只是杜鲁门已经有很多年没有见这位老朋友了。上次见面的时候，两个人还是大学刚毕业的青葱小子，而现在的杜鲁门已经白发两鬓了。

到了约定时间，杜鲁门前往老朋友的住所。可是，他找错了地方，敲门后，是一位商人模样的男人来应门。杜鲁门压根儿就不认识这个人，男人一看到他，就不停地打量他。杜鲁门问："请问乔治先生在吗？"

男人说没有这个人，然后再继续打量着杜鲁门，说："先生，我说句话，你可不要太难过，我觉得你和杜鲁门太像了。"

"我说句话，你也不要太难过，我正是杜鲁门。"男人当场愣住。

1948年，有人认为杜鲁门应该去竞选总统，但是他的民众声望很低，没有多大希望能竞选成功，就连他的岳母也认为他去竞选纯粹是浪费精力。

费城民主党大会对杜鲁门的态度是"我们对他很宽容"，意思是即使他竞选失败，民主党也认为尽人事了。《纽约邮报》甚至刊登建议，让民主党拱手送总统之位给共和党，省去竞选活动的麻烦。

当时杜鲁门的竞争对手是共和党候选人托马斯·杜威，他遥遥领先，媒体一边倒，声称杜威会是毫无疑问的赢家。《芝加哥论坛报》甚至确信杜威就是未来总统，还在午夜第一版印出"杜威击败杜鲁门"的大标题。

杜威也非常相信自己能稳坐美国总统的位置，在去投票所的路上，对身边的妻子说："亲爱的太太，明天晚上你将会和美国总统睡觉。"

结果是杜鲁门爆冷门，大获全胜，成了美国新任总统。杜威在发表了简短的败选演说后，他的太太眨着眼睛问他："亲爱的，你是帮我打电话给杜鲁门让他上我们家来，还是我直接去华盛顿，在白宫度过今天晚上？"

而杜鲁门在胜利之后，终于有机会好好嘲弄那些预测他失败的记者和专家们——他有一段时间都在模仿华盛顿评论员的腔调，引得他人啼笑皆非。后来《华盛顿邮报》终于忍无可忍："我们随时准备承认自己失败了，假如你也准备好了。"

中国好故事

唉！！
然后，
我买了意大利队！
5
惨啊！
接着，
我买了英格兰队！
6
7
最后，我买了巴西队！现在除了音乐，我已经一无所有！
8
全票通过~~
太感人了！
英雄啊！
加油！
X老师
口老师
?老师
评委席

The Humorous Story

里根：伟大的沟通者

罗纳德·威尔逊·里根，美国第40任总统。

他是一位和蔼可亲、不摆架子的亲民总统。里根在还没有从政之前，尝试过多种职业，曾经从事过广播员、救生员、报社专栏作家、电影演员、电视节目演员等职位。

由于里根的演说极具说服力，他也被人们称为“伟大的沟通者”。

里根的足球解说

里根像林肯一样，在成功之前经历了很多。刚开始的里根没有多少从政的雄心，他一心希望成为体育广播员。他决心到芝加哥国家广播电台去求职，这是国家大型的广播电台，要求很高。面试他的女主管建议他先去小城镇试试。她很坦白地对他说：“你需要不停地敲门，在找到容纳你的门之前，你可能敲了无数次。但是一旦门打开了，你就要告诉他们，你来做什么，且会不惜一切完成它。”

里根听从了女主管的意见，敲开了一家电台的门。里根见到节目主管彼得·麦克亚瑟后，自我介绍了起来。说完后，只见主管摇头说：“没有空缺职位。”

内心交织着愤怒和失望的里根，离开了办公室，走向电梯，心中想着：“如果我无法进入电台，又怎么能成为体育广播员呢？”

这时，他身后的一个声音叫住了他，就是刚才的主管。他问里根能否向他讲述一场生动的足球赛。里根想也不想就说："小菜一碟。
被带到一个空无一人的录音室里，开始讲述他的母校尤里卡学院
彩球赛。

指示灯亮起来后，里根绘声绘色地描绘起当时的情景——"一个寒冷的午，足球赛已经到了最后的十分钟。球场上是一个一个追着球跑的人，"里根吞了一下口水，"球赛到最后的几十秒了，刚才带球的球员突破了重围，可是里根……"里根巧妙地以第三人称的视角，说出自己当时的情景，"这个不知好歹的小子里根，不知道从哪个地方冒了出来，他巧妙地一撞，带球的7号球员倒下了。里根马上带着球向前跑，鲤鱼跃龙门一样，可是就差一点儿。"里根竟然风趣地说出自己当时的窘况，"球员捡起了球，直抵边线，触地得分。最后尤里卡队取得了胜利。全场沸腾起来了，球场上一片混乱。"

里根讲完之后，被告知下星期去广播爱荷华对明尼苏达的一场球赛。

幽默无处不在

1981年3月30日，总统里根被人行刺。他胸部中弹，被送往医院紧急治疗。

里根到了医院之后，还保持着良好的精神状态，看着手忙脚乱的医生，他幽默地说："我希望你们都是共和党人。"因为里根就是共和党的。一位医师马上向他保证："总统先生，今天我们全部都是共和党人。"

在医生的帮助下，手术进行得很成功。手术后，医生问里根感觉怎样。里根引用一位著名喜剧演员的话："毕竟，我还是在费城。"意思是他还活在人世。

当他的幕僚们来探望他的时候，他假装生气地问："谁在治理国家啊？"幕僚们一致表示，白宫一切正常。里根听完后说："假如我在好莱坞也是这么引人注目，那我绝对不会当什么总统。"

他的夫人来探望他的时候，他说："亲爱的，我忘了弯腰。"意思是被刺杀的时候，他忘了俯身避开子弹。护士长告诉里根，他现在复原状态很好，希望一直保持下去。里根十分惊讶地说："一次刺杀就够了，不用保持了。"

当里根得知有四个人因为这次刺杀事件受伤的时候，说：“太好了，搬四个便盆过来吧，我们来欢聚一下！”

美国人对里根以风趣态度对待刺杀事件大为赞赏。当时担任奥斯卡金像奖颁奖典礼的主持人强宁·卡森，告诉千百万电视观众：“我想我要打电话给里根，向他讨教几个笑话。”

里根曾经到加拿大发表演说。在他发表演说的时候，底下一群反美示威者不断打断他的演讲。里根此次的访问是以做客的方式到来的，看着底下的抗议人群，加拿大的总理皮埃尔·特鲁多十分尴尬。里根却很镇定地说：“放心，我非常熟悉这种情况，美国时有发生。我想他们一定是从美国来到贵国的，好让我宾至如归。”听到这话，特鲁多开怀大笑。

里根是超级大国的总统，执政8年，被认为是当时最有权力的人。里根却说：“很多人说我是世界上最有权力的人，我却不这样认为。我每天早晨起来，都会看到白宫办公桌上有一张卡片，上面写着我一天该做什么事情，我必须依着卡片上的内容完成一天的工作。要说最有权势的人，应该是写这张卡片的官员。”

里根在他70岁生日的时候，举办了一个生日晚宴，他在晚宴上说：“今天是我39岁生日的第31周年纪念日，在这几十年里，我每一年都过得很开心，如果你们选择在其中一年来为我祝寿，我也会很高兴。”

里根在第二次竞选总统的时候，年纪已经很大了。他的竞选班底也认识到他年纪太大，会给人一种守旧刻板、迟钝的印象，这样的人是不适宜当总统的。幽默的里根偏偏要在年龄上大做文章，力求把劣势变为优势。他的方法就是拿他的年龄开玩笑。

在第二次总统辩论中，里根和当时的竞争对手蒙代尔在各个政治议题上进行十分激烈又乏味的论述。这时候，一位老牌记者提出一个问题：“总统先生，你已经是美国历史上年龄最大的总统了。听说你在和蒙代尔的论战后，感到十分疲倦。我想到了肯尼迪总统在古巴导弹危机中，连续工作好几天，很少睡觉。你是否会怀疑自己现在的处境，很难履行职责？”记者的意思是，年轻力壮的肯尼迪总统能连续工作好几天，里根只是和对手轮转一回合，就表示累了，那么他日后还怎样应付庞大的总统工作。里根笑眯眯地望着记者，回答道：“你知道，我从来不愿意在这场竞选中把我的年龄当作资本，我不打算利用对手缺乏经验的事实，达到我的政治目的。”

里根继承了好莱坞的优良传统——时不时自嘲一番。一次，里根拿起了自嘲武器，化解了人们对他的好斗形象。那时候，人们一直质疑里根对国防投入的庞大预算，里根回应说：“我一直留意到有关订购B－1的种种宣传，但是我怎么也没有想到原来这是一种战机型号，我原本以为这不过是部队需要的维生素而已。”

里根喜欢对访问的地区恭维一番，总统的幽默顾问对此解释道：“幽默的主要价值之一，就是让听的人明白你知道他们是谁，他们住在哪里。”里根巡视俄勒冈州波特兰时说：“我那些辛勤工作的同事们试图劝我不要离开国会而到这里来。我明白他们的心意，所以说：‘好吧，我们抛硬币决定留在华盛顿还是去俄勒冈州吧。’可是你们知道吗，为了得到我想要的结果，我不得不抛14次硬币。”

里根对待来自世界各地的民族非常宽容，而他对待他们的方式也非常具有幽默感。一次，他在对一群意大利裔美国人讲话时说：“每次说起意大利家庭的时候，我首先会想到一个大家庭，有着美味的厨房和充满爱的一家人。有一家人曾经住在城里狭小的公寓房间，后来搬到乡下大房子里，一位邻居朋友问十岁小儿子喜欢他的新家吗，孩子回答‘很喜欢’。只是有一点他不明白，那就是他的兄弟姐妹，包括他自己都有独自的房间，为什么他可怜的母亲还要和爸爸住一个房间。”

我帮你按

15楼，谢谢！
5
好，看我的！
6
我按住它了，你快按15楼！
7
8

The Humorous Story

老布什：斯文外表下的幽默

乔治·赫伯特·沃克·布什，美国第41任总统。

由于美国历史上存在过两位布什总统，他因此又常被称为老布什。

老布什的成熟稳重，温文尔雅，给世人留下了深刻的印象。但尽管有斯文的外表，也无法掩藏他那颗充满幽默、智慧的心。

幽默乐观对病魔

2012年的圣诞节，美国前总统老布什的支气管炎引起了并发症。2012年12月23日，老布什病情加重，被送往医院重症监护室接受治疗。

美国媒体马上发出了“老布什病重”的消息，引起了社会的高度关注。有些媒体甚至迫不及待地刊登了老布什的一生回顾，有人还打赌媒体已经准备好了老布什的讣闻。

圣诞节后的第五天，老布什的发言人说老布什度过了危险期，身体没有什么大碍，请各路媒体“把竖琴放回壁橱里”。这句话的意思是，人还没死，诸位不必嚷嚷诅咒别人。

话说回来，美国总统在世时间最长的，还算是老布什。在年轻的时候，他很喜欢运动。在1974年和1975年期间，老布什担任美国驻北京的联络处主任，常和妻子芭芭拉骑着自行车穿行于北京的大街小巷，成为北京一道特别的风景线。1985年，他作为美国副总统访问中国的时候，还特意和当时的国务院副总理万里打了一场友谊网球双打赛。后来的中国媒体评价老布什“动作正规，好像受过专业训练似的”。

虽然年龄渐长，但老布什却爱上了极限运动，他曾经多次以跳伞的方式，庆祝自己的生日。也许正因为老布什爱运动，才练就了他的好体魄，虽然他的年龄越来越大，但是他上次住院的时候，还是在2007年。那一次也不过是因为老布什打高尔夫球的时候因脱水而昏厥。

那时候，老布什正和一行人兴高采烈地打着高尔夫球。可是当时的天气非常炎热，年纪大了的老布什出现脱水现象，以至于昏厥。他马上被人送往加利福尼亚州一家医院进行紧急救治。经过医生悉心治疗后，老布什在医院住了一晚之后出了院。就在出院的当天晚上，他又精神抖擞地登台演讲，继续发挥着自己的幽默才能。

老布什拄着手杖在开场白中逗着听众说：“在我晕倒之后，我唯一不高兴的事情是得知我的朋友为我做嘴对嘴的人工呼吸。”听众们听完后，哄堂大笑。不过，老布什的笑话还没讲完，他又意犹未尽地说：“要知道，在我晕倒的时候，明明就有六个漂亮的姑娘站在我旁边呢。”这一次听众的笑声更大了。

给朋友们的有关健康建议中，老布什的话语中也不免蕴含风趣，建议就是：多走路，做想做的事，好好享受人生。尽管老布什的身体比一般的同龄人好，不过他患上了帕金森症，期间引发数次中风，引起下半身的神经机能出现障碍。在一次白宫为老布什举行的揭幕仪式中，他不得不坐在轮椅上参加。不过，这点儿小挫折可打击不了老布什，他风趣地对媒体谈起了自己不方便的腿脚，说：“我的双腿没有感觉到疼痛，只是我想移动脚，却移动不了，好像我不是它们的主人一样。总的来说，如果一定要生病，这个还是‘好病’。”

2012年11月，老布什因为老毛病支气管炎复发，久咳不愈，需要住院治疗。刚开始他的病情并不严重，院方认为过几天他就可以回家过圣诞。可是没有想到他再度发烧，只能继续留在医院观察。12月25日圣诞节，他的妻子芭芭拉、儿子尼尔·布什、儿媳玛丽亚、孙子皮尔斯等来到医院，陪伴老布什过节。家人知道老布什酷爱中餐，所以每人特意为他带来一道中餐。

病中的老布什还收到很多来自亲友们的礼物及问候，就连前国务卿贝克也记挂着曾经的“战友”，特意来看望他。两天之后，布什家族的发言人麦格拉斯表示，老布什虽然还在重症监护室，但是病情已好转，并且有时候还能把医护人员逗乐，有时还会哼唱小曲。也许正是由于老布什的幽默精神和良好乐观的心态，使得他一次又一次躲开病魔的侵袭。

老布什的幽默

老布什从政生涯有40年，他参加过“二战”，是一位英勇的鱼雷轰炸机驾驶员，是那时候美国最年轻的海军飞行员。1988年，他当选美国总统，任期内他经历多次影响世界变化的事件。不过他最为人知的政绩，就是1991年那场海湾战争。但在他任期内，外界多次就美国经济不景气一事揶揄他。老布什对此也是耿耿于怀，不过他后来看淡了，说：“我的确很想赢，可是，人们认为我根本不在乎。但是我的确全心全意地付出了。”

来过中国的老布什，曾经在中国遇到过相声演员姜昆。姜昆为表示友好，送给老布什一本自己写的书。老布什接过之后，很认真地翻了几下，然后很诚恳地问：“姜昆先生，我可以为你的书提些意见吗？”姜昆一听马上说：“当然，总统先生，这是我的荣幸。”

“你这本书汉字太多了，我读起来非常困难。”全场的人都哈哈大笑起来，因为老布什根本看不懂中文。

老布什的幽默感最大的特点是“装糊涂”。一次，他在公众场合穿了一双红蓝白三色的袜子，媒体纷纷拍了下来，准备大做文章。有些人嘲笑老布什的品位和当前美国流行的年轻歌手贾斯汀·比伯很像，这样的比喻对于老布什来说可不是什么恭维的话。老布什听到后，眨眨眼说：“比伯？他是谁，我从来没有听说过他，他是卖袜子的吗？”

老布什“装糊涂”装得挺像，不过最后一句暴露了玄机，他说：“我可不喜欢他的唱片。”在场的人听后哈哈大笑。

有对象没

The Humorous Story

克林顿：魅力无处不在

威廉·杰斐逊·克林顿，美国第42任总统。

在就任总统期间，克林顿大力发展国内的高科技产业，加强政府对经济的干预，成功解决了美国财政赤字问题，使市场化的经济推动了美国经济的飞速发展。

他在任期间的功绩不必多说，但他在一些公共场合或者演讲时所展现出的美式幽默，让世人钦佩不已。

个人幽默魅力赢喜爱

克林顿在任期间也很注重教育事业。

一天，他到一所小学参观，来到一个班上，问班上的学生，谁可以以“悲剧”为题举个例子。

这时，一个小男孩把手高高地举起来，口里不停地说：“我，我。”

克林顿马上让这个小男孩回答。小男孩说：“如果我和我的朋友在街上玩耍，一辆汽车开了过来，不小心撞到了他，这就是一场悲剧。”

克林顿不满意，摇了摇头说：“不，这是一场意外事故。”

一个害羞的小女孩羞怯地举起了手，说：“如果一辆装满了学生的校车，从悬崖掉了下去。车上的人无一生还，这就是一场悲剧。”

“不，年轻的小姐，这是一场巨大的损失。”

教室里鸦雀无声，就连老师都为学生捏一把汗，再没有一个孩子愿意站起来回答克林顿的问题。

"难道这里再也没有一个人能够举出'悲剧'的正确例子了吗？"

过了很久，一个坐在后排的小男孩举起了手，说："如果有一架正在飞的飞机，被恐怖分子炸毁了，而飞机上坐着克林顿和希拉里的话，那将是一场悲剧。"

克林顿大笑："很好。可是你能告诉我，为什么这是一场悲剧呢？"

小男孩回答说："因为这不是一场意外事故，也不是巨大损失。"

一天，克林顿到医院探望病人。

他在慰问病人的时候，一个小男孩引起了他的注意。小男孩亲昵地靠到克林顿身边，盯着克林顿。

克林顿半蹲下，亲切地问："小家伙，你是不是有什么话要告诉我？"

男孩马上大声说："总统先生，我想要你的签名照，可以吗？"

克林顿被这个可爱的小男孩逗乐了，说："当然可以了。"

他微笑地拿起相片，签上了自己的大名，然后又递给小男孩。小男孩接过签名照之后，似乎并不满足，接着说："总统先生，我还需要三张你的签名照，你能再帮我签三张吗？"

克林顿有点儿纳闷儿，微笑地问小男孩："小家伙，你怎么需要这么多的签名照呢？"

小男孩很认真地回答道："因为你的三张签名照可以换到一张迈克尔·乔丹的签名照。"

在场的人听了，都不免为克林顿感到尴尬。可是，克林顿并没有愠色，反而大笑起来，然后接过小男孩递上来的三张照片，在上面签上了名字。

他递给小男孩后，很开心地说："知道吗？小家伙，我有一个侄子，差不多和你一样大，他也非常喜欢迈克尔·乔丹，看来我需要给他签上名字，帮他换一张迈克尔·乔丹的签名照。"

退休后的克林顿从来没有闲下来过，他经常参加演讲，参加有影响的国际论坛。

一次，他来到了达沃斯论坛，成了该论坛最耀眼的明星。

克林顿准时出现在苏黎世的达沃斯论坛，与他做伴的是世界经济论坛创始人兼执行主席克劳斯·施瓦布。场上很多嘉宾没有在上一场结束之后离场，而是直接在现场等待着克林顿的出现。等到克林顿出现的时候，会场上座无虚席。

这场对话不过只有一小时，克林顿却利用他的比尔式幽默，令全场笑声不断，气氛高涨。当克林顿被问到他要怎样规划他退休后的十年生活，克林顿说就是“保持活着”。全场大笑。

克林顿喜欢吹萨克斯，在当年访问中国的时候，就小露过一手。

一次，他在台上发表竞选演说，节目的主持人毫不客气地问他：“你除了吹牛厉害之外，还会吹什么？”

克林顿非常淡定，不紧不慢地从身后掏出一支萨克斯管，说：“当然，我还会吹这个呢。”他马上运气，一气吹了好几首名曲，把一个高高在上的政客拉到了平民位置上，让选民产生了亲切感。

这一举动真的为克林顿增加不少印象分。克林顿的幽默为他赢得了不少的选民。

美国每四年一次的总统大选，是候选总统与媒体的“大戏”。美国民众也喜欢当观众，把这场总统大选当好莱坞大戏看。

为了赢得更多关注，美国媒体会想尽办法，出尽总统的洋相。候选总统必须要有甘于被调侃的大度，还要有把尴尬化为幽默的本领，时不时自嘲一下，赢得选民的好感，可以说最后成为美国总统的人可是智慧和幽默兼备的能人。

美国是一个讲究幽默的国度，一个幽默的人，在美国是很受欢迎的。而总统选举，常常与候选总统的幽默感挂钩。

曾经的克林顿总统，在离任白宫晚宴中，播出了一部他自导自演的幽默片《数馒头的日子》。就连喜欢拿克林顿开玩笑的电视脱口秀主持人尼诺都留言说：“别人会以为你的离开会令我非常开心。恰恰相反，没有人比我更难过于你的离开，因为全靠你，我才买得起豪车和好房。”

老布什的妙语连珠

之前，美国新奥尔良的一场飓风令很多人受害。为了帮受灾人筹得善款，两位前总统老布什和克林顿在新奥尔良举行了一场美国房地产协会大会，这场大会旨在帮助飓风受害者重建家园。

为了筹得宾客的善款，这两位前总统联袂合演了一场欢乐“双簧秀”，妙语连珠的幽默，获得了全场人的掌声和笑声，最后他们筹得1.3亿美元。

长知识

克林顿的夫人希拉里曾被誉为“美国最具权势的女人”，她曾参与2008年美国总统大选，竞选失败后，最终成为美国第三位女国务卿。

开场的时候，老布什回忆起了自己和妻子芭芭拉·布什居住过的房子。他说：“在我和妻子芭芭拉60年的婚姻生活中，我们平均每两年搬一次家，一共搬了30次家。”

老布什调皮地说：“我的妻子喜欢对我说，我们在60年搬了30次家，我没办法把一份工作长久地做下去。但这并不是事实，我觉得直到1992年，我遇到比尔·克林顿前，我把工作干得一直不错。”

在一边的克林顿哈哈大笑起来。

众所周知，1992年美国总统大选，比尔·克林顿成了新任美国总统，而老布什连任的雄心也就被后起之秀打败了。这一次，老布什一家要从白宫搬走了。

幽默的老布什继续回忆起以前自己当总统时的往事。

他承认他很怀念当总统的风光日子，“天啊！我甚至怀念那时候抗议我的人了。”

老布什遇到的记忆最深的抗议者，是他在旧金山市遇到的一群主张堕胎合法的抗议人士。当时的示威队伍声势很大，领头的抗议者是一个女人。“那是我这辈子见过最丑陋的女人。”老布什眨着眼睛说道，“她举着一个牌子，走近了我坐的车，朝我愤怒地咆哮着，请别管她的子宫！我当时的第一反应就是‘女士，这绝对没有问题’。”台下的人又大笑起来。

老布什说完之后，轮到了有着“比尔式幽默”的克林顿讲话。

他在讲台上回应着之前老布什对他的调侃：“尽管我在1992年的美国总统选举中打败了乔治·布什，但是你们现在也看到了，我遭到了报应，我的余生将成为他的配角。”

克林顿继续自嘲地说：“虽然在年龄上，我只有60岁，但是我已经做了好几次的心脏手术，而老布什现在82岁了，他的体形还保持得很好，而且精力旺盛，不出意外的话，我将会邀请老布什在我的葬礼上发表演说。”

老布什和克林顿代表的是两个不同的政党，这两个政党在总统大选的时候，常常针锋相对。

经历过“二战”的老布什，作风温文尔雅，带有他的时代的绅士品格。比起克林顿，他曾经在越战的时候，跑去外国读书，令人怀疑他是为了逃避服兵役。他没有老一辈的慎重和温文尔雅。

在个人魅力上，老派人士比较喜欢老布什的稳重，年轻一代，特别是婴儿潮一代的人，则更加喜欢克林顿的风流倜傥。按照常理，年龄差距大、政治意向不同的两个人，很难成为好朋友，可世事就是这么有趣，老布什和克林顿却是一对朋友。

当年的老布什被克林顿“赶出”白宫后，他自嘲能够退休，是一个不错的选择，但是没有总统津贴，多少有点儿不舍。风趣的老布什认为即使他退位20年了，人们还会念念不忘他当总统时候出过的洋相。

老布什在任期间，曾经发生过一件尴尬的事，那时候他受邀出席日本举办的东京国宴，在宴会期间，他竟然呕吐在日本首相的身上，并且当场晕倒。这可把在场的所有人惊到了，后来有的媒体还把此事放大为老布什为美国经济不振担忧而急火攻心的表现。

这就是一对幽默的老友，一对睿智的国家领导人。

跑步

The Humorous Story

小布什：不知所云的幽默

乔治·沃克·布什，美国第43任总统。

由于与父亲都担任过美国总统，因此常被人以“小布什”称呼。

小布什在青年时代并没有任何的幽默感。如果他继续他的商业工作，缺乏幽默感并不是一件坏事。可是，他喜欢迎难而上，立志从政。

作为一位政客不论是口才还是幽默，都是缺一不可的。不巧的是，小布什两样都没有。后来他意识到拥有幽默感是一件很重要的事情时，便开始苦练幽默功力，可是他的幽默常常让人摸不着头脑。

幽默如此重要

在布什还没有做总统之前，他是得克萨斯州的州长。在做州长还不到一年的时间里，得克萨斯州发生了几起严重凶杀案。这几起凶杀案对社会影响极大，引起广泛的关注。

当时的布什和很多人一样，认为凶手一定会被判死刑。可是最终的结果是，这些凶手竟然躲过了死刑，只被判了年数不等的有期徒刑。

布什知道，在这几起案子中，辩护律师起了关键作用，他们身上有值得自己学习的地方。于是，他向辩护律师讨教辩护秘诀。其中一位律师就告诉布什，是幽默救了那位凶手。

布什大惑不解，幽默竟然能救人一命？

凡是影响严重的凶杀案件，法庭在审判的时候，气氛总是非常严肃——

检控方希望凶手杀人偿命，被告恳请留命免死。检控方和辩护律师在庭上唇枪舌剑，引经据典。有经验的辩护律师知道，一旦检控方抓住机会，就会极尽所能地描绘凶手行凶时候的凶残，还会绘声绘色地形容罪案现场的恐怖。如果这个时候辩护律师运用幽默，把现场紧张严肃的气氛给缓和了，法庭就有了“淡化”凶手罪行的可能。

听到律师的解释，布什总统恍然大悟，原来幽默感有这样的作用。那么，幽默感在他的政治生涯中，一定会有很大的帮助。所以，他决心训练口才，培养自己的幽默才能。

只是，布什学回来的幽默，总令别人抓不住点，不知道是不是他的牛仔习性，已经让他的说话方式和幽默方式带有了浓郁的西部牛仔风格。总之，布什总统直来直去的说话方式，总会让他的幕僚觉得莫名其妙，而且还为他“担惊受怕”，生怕他那没有人欣赏的幽默感会留下什么笑柄。

有一次，布什总统和俄罗斯硬汉总统普京进行首次通话。

普京总统通过电话，与布什总统进行了联系。布什总统觉得这是一个展示自己幽默才能和给对方留下一个好印象的机会。电话通了之后，布什总统没有称呼普京为“普京先生”或是“普京总统先生”，而是莫名其妙地叫他“鸵鸟腿”。普京被别国元首乱喊花名，弄得颜面无存。他显然不知道布什是在卖弄他的幽默，所以说了没几句，便气冲冲地挂了电话。

如果布什总统的幽默是纯美式的，还能勉强说明外国元首不理解的缘由。可是就算同是土生土长的美国人，也没有多少人能理解他的幽默。

布什总统老是喜欢给别人起花名，常常在谈论其他国家领导人时，冒出些莫名的词汇，就像“指关节骨”、“猎狗”。布什的幕僚总会被布什的特殊词汇弄得一头雾水。一位高层助理曾经说：“总统先生一会儿让我接通‘指关节骨’的电话，一会儿又问我‘爱斯基摩人’在哪里。可我实在不知道谁是‘指关节骨’，谁又是‘爱斯基摩人’。”作为助理，他也不好多问什么，只有私底下想尽办法去弄清谜底。

还有一位幕僚同样表示，这位总统的幽默感总是和常人有点儿不同。要读懂他的幽默，还要弄清他的思维模式——就像不知道为什么他总喜欢把矮个子称呼为“高大个”，右撇子叫作“左撇子”等。与个人特征完全相反的叫法，反而让这位总统叫着顺口。就像这位爆料的幕僚，他竟然被布什叫为“法国佬”，但是他没有一点儿法国人的血统，也没有任何法国背景，甚至连法语也说不上几句。

一次，布什去堪萨斯市视察，对幕僚们说：“解释政府的农业补助政策的堪萨斯市会议，让‘子弹’代表政府出席吧。”幕僚们听了之后，纳闷儿了大半天，这位号称为“子弹”的人，究竟是何方人也呢？猜了老半天，幕僚们认为内阁中的国务卿鲍威尔是唯一的退役军人，极有可能就是布什口中的“子弹”。他们告诉了鲍威尔布什总统的指示。鲍威尔接到指示之后，马上乘专机前往堪萨斯市。可是鲍威尔在飞行途中，才发现“子弹”指的是农业部长。

等布什总统知道了这件花名乌龙事件后，指责自己说：“我怎么会叫‘气球脚’替‘子弹’办事呢？”可是幕僚们更加云里雾里，因为他们根本不知道“气球脚”是谁。

布什总统的词典，很可能是来自火星出版社。他常常把美国总统说成“波特斯”，而总统专用讲台则是“蓝鹅”。如果布什提到“午餐盒盖”，那就是表示他离开白宫去外面吃饭了。

“布什式”的创意英语

布什总统的英语水平一直被外界质疑，皆因他总是口误，总是说错单词。在布什总统上任的时候，外界喜欢讥讽这位新任美国总统没有幽默感。可是，等这位美国总统入主白宫后，人们完全改变了看法——谁说这位总统没有幽默感的？这位总统浑身上下都能给你幽默，就像一部移动的幽默大戏台。

不过，这位新任美国总统的幽默，分两种形式：一种是正统型的，那就是在演讲的时候，发挥他的幽默睿智；另外一种就是他的孩子气式的幽默——他不像其他的政界要人那么慎言慎行，他经常发生口误事件，令人哭笑不得，还喜欢当着媒体的面，弄一些搞怪的表情。

布什的幕僚们知道布什经常会出现一些口误，所以他们在必要的时候，

我可以听懂

Can you speak chinese?
如果你讲慢一点的话，我可以听懂！
Can……you……speak……chinese?

会在总统演讲稿上，标注一些发音。像法国总统“萨科齐”的英语发音，工作人员就会在名字后标注(sar–KO–zee)，像津巴布韦总统“穆加贝”的后面就会写着(moo–GAH–bee)。还有一些他们觉得布什总统会说错的词，他们都会标注相应读法。

尽管如此，布什总统的英文水平，还是常常闹出不少的笑话。有一次，他去纽约的一所学校给孩子们上语法课的时候，说：“孩子们在定期测试中学到了一些东西。”本来英语中的孩子们（children）就已经是复数形式了，可是布什竟然还画蛇添足地说了“childrens”。

布什的“好口才”，曾经多次遭到别人的嘲笑。

2004年，古巴国务委员会主席卡斯特罗曾经公开嘲讽布什，说：“古巴只有初中水平的学生才会和布什总统辩论的时候甘拜下风。”

其实，布什总统也为自己说错的话懊恼。2005年1月13日，他的首任任期快要结束的时候，美国广播公司曾经采访过布什。布什表示对一些不当言语深感遗憾，说：“有时候，我讲的话比较生硬。”接着他举例说：“在‘9·11’事件发生后，我说我们将全力抓捕本·拉登，不管他是死是活。后来，我觉得说这样的话可不太好。不止媒体对我的话大加评论，就连我的夫人劳拉也训斥了我。其实，我说的不过是一种表达方式，没有想到你们很留意我说过的话，以后我会更加注意自己的说话方式。”

2004年8月5日，布什发表反恐演讲时说：“我们的敌人非常聪明，并且富有创意。他们的头目总会想出新的方法去祸国殃民，不过放心，我们不会输给他们，因为我们也会这么做的。”

2003年，布什总统需要到内华达州视察，一路上，他不停地把“内华达”说成“内哈达”。多次说错，他都没有听出来，这让当地人抱怨连连：“这个美国总统当的，连自己国家的地名都说错。”

这次的口误还好，毕竟还是“家丑”。但2001年，他与北约其他国家领导人会面时，把北约秘书长的名字给叫错了，将“罗伯逊”叫成了“罗宾逊”，各国领导人都替布什总统尴尬一番。

白宫经常举办晚宴。在一次晚宴中，布什总统穿着高档礼服，对着台下的资深记者自嘲了起来。他说：“我知道，我的幕僚们在私下里喜欢嘲笑我愚笨，缺乏智慧，但是每天早上，我第一项日常工作便是看《情报简报》。”自嘲之余，布什总统搞活了气氛。

不过有一次，布什总统的口误却令周围的人如坠雾中。

在内布拉斯加州，有一个数千名支持者参加的集会，布什总统正在发表着他的演讲。可是主题明明说的是减税计划，布什却满口“死刑”，而且严厉地批评“死刑”举措。

聚会上的人大多数不知道他们亲爱的总统先生在说什么，因为这位总统是一位出了名的死刑支持者——就在他抨击着“死刑”的那一年，他曾经担任过州长的得克萨斯州，创下了处死刑犯的最高纪录。

一个如此支持死刑的总统，怎么可能在公众场合抨击死刑呢？这不是自己搬起石头砸自己脚吗？这时，只有布什总统的幕僚们明白，这位总统先生本来想说的是“遗产税”（death tax），可是因为他的口误说成了“死刑”（death penalty）。

也许在别人看来，身为堂堂一国的元首，经常爆出一些口误笑话，但无伤大雅，反而显得平易近人。可是，美国媒体并不这么看。美国著名的专栏评论员诺瓦克就说布什总统的语法水平只有小学三年级。美国广播公司甚至一度把布什总统出现语法错误的句子当作“布什本日佳句”。

虽然这位前任美国总统的幽默感常常体现在他的语法错误上，但是他的自嘲式美国幽默，却真的多次令人折服。布什在任期间，有媒体拿他与往届的美国总统对比，然后揶揄他是美国历届总统中智商最低的。布什总统当然不会承认自己笨，而是利用自嘲的方式化解这样的质疑。

他在一次大学演讲中说：“我刚完成了人类基因图谱，我有一个克隆目标就是我的副总统切尼，再复制一个他，我就不用做任何的事了。”说完，布什总统转头望着切尼，带着点儿小孩的询问语气：“切尼先生，接下来我该说什么呢？”观众大笑。

还有一次，他知道自己老是犯语法错误，便说：“欧洲现在被口蹄疫弄得焦头烂额，恐怕我也染上这种病了！”他承认，“常有人说我的嘴唇就是文字死亡的坟墓。”

众所周知，布什在年轻的时候，喜欢给家里惹事，曾经还干过酒后驾车的事。布什提起往事的时候，说："在我年轻的时候，我是绝对不会和现在的司法部长这样的好孩子出去玩的。"

在国际议事上，布什总统也不忘展示他那古怪的幽默，说："我坚持强硬的外交政策。就在不久之前，我就把四名忘了关手机的俄罗斯外交官踢出了美国。"这是布什的双关语，因为他最讨厌白宫的工作人员使用手机。

长知识

小布什于2009年1月离开白宫后，便拿起画笔作画。2014年4月5日，他的各国领袖肖像画，在得克萨斯州展出。

在开会的时候，布什也会找机会来开玩笑。在内阁全体会议上，他常常会说："早晨好啊，小鬼们！"或者会说："好，让我们来听听棺材店老板的意见。"每当布什说起这些莫名其妙的话时，在场的人都会把无助的眼神投向副总统切尼，可是切尼和大家一样也是云里雾里，不知所云。

布什总统不只喜欢和幕僚们开玩笑，也喜欢跟他端庄的太太开玩笑。有一次，他的夫人劳拉接到一个奇怪的电话，电话中的人反复问她"'瘦子'在不在"。在重复了五次之后，劳拉终于明白这是她的丈夫打电话问"晚餐吃什么"。看来，布什的幽默感，就连他的夫人都未必能懂。

英国女王视布什为"儿子"

在布什任期，英国女王伊丽莎白二世到美国进行访问。

来自王室的英国女王，是一个十分讲究礼节的人，但美国人一向不拘小节。白宫生怕自己这边忽视了礼节，怠慢了女王，便和国务院召开了一场讨论会，还请了很多礼仪专家。

当然这场礼仪培训会，少不了当时的主角——布什总统和他的夫人劳拉。劳拉是一个知书识礼的人，礼仪方面难不倒她。可是，人们担心的是他们的总统先生。

在见女王和她丈夫的时候，礼仪专家告诉布什总统，称呼女王要叫"陛下”，称呼菲利浦亲王应该叫“殿下”。还有女王没有先伸手的话，就不要主动伸手和女王握手，这是对女王的基本礼貌。在用餐的时候，如果女王吃饱了，在座的人就算还没有吃饱，也要停下来，正襟危坐。

布什总统接受培训一段时间之后，他的幕僚们心里依然没有底，生怕这位搞笑的美国总统，在英国女王面前再闹笑话。

不久之后，英国女王大驾光临。在欢迎女王的仪式上，布什总统向女王致辞。

本来就是对着稿子念词，可是布什总统还是闹了一个大笑话。在1976年，英国女王曾经参加过美国建国两百周年的盛典。哪想到他竟然把1976年说成了1776年，让英国女王足足老了两百多年，成了一个“千年老妖”。听众大跌眼镜，有些人还暗暗笑了起来。

布什总统说完之后，也知道自己说错了话，有点儿不好意思，淡定地环顾了周围，然后突然转身，看了一下旁边的女王陛下，给了她一个调皮的眼神。接着，布什总统对着台下的高官和记者们说了一句带有美式幽默的话：“She gave me a look only a mother could give a child。”意思就是“她给了我一个只有母亲看孩子才有的眼神”。众人马上大笑。此时，挽回局面的布什总统再次回头望了一眼伊丽莎白二世。

老布什给小布什的幽默箴言

小布什上任的时候，美国人都觉得他能把这个总统当得很好，因为当时他七十多岁的父亲老布什曾经也是一位总统。小布什可以从他睿智的父亲身上，获得最重要、最有价值且最忠诚的建议：

1. 儿子你要知道，你的助手们花了很多的精力为你准备简报、世界银行报告，当你在浏览这些资料的时候，要心存感激，不用全部读，读读摘要就可以，那些报表和注脚直接忽视。

2. 如果你觉得在日本参加宴会的时候头晕的话，还是取消活动吧！（老布什曾经在日本国宴上昏倒）

3. 如果有讨人厌的媒体在白宫里不识好歹地叫“两党执政”时，你的部下把那人扔出白宫是完全可以的，我当年就想这么干一回。

4. 儿啊，千万要记住，当你在白宫草坪上接见外国访客的时候，千万不要走在劳拉的前头；在下雨的时候，更是要记得给劳拉撑伞。要不第二天的报纸一定会刊登你自顾自的照片。最恐怖的是你夫人饶不了你。

5. 如果你想去跳伞，告诉我，我会借你我的降落伞，我的伞质量非常不错。

6. 如果你在搞什么经济发展计划的时候，千万不要到马里兰州的百货市场买袜子，否则全国媒体都会恶毒地指责你的。

7. 千万不要去佛罗里达州的超级市场集会，如果一定要去，那么在别人展示给你看电子扫描仪这些新式科技产品的时候，不要露出呆瓜一样的“噢”、“啊”等表情。要不报纸就会说你是一个傻里傻气的落伍乡下人。

8. 在说话之前，要想想所说的话，一旦说错，第二天的报纸又会攻击你了。

9. 为明年春天棒球赛季练习好投球技术。如果你像我当年一样把球投飞了，美国报纸又可以很开心地写有关你的新闻了（美国总统要为每年的棒球赛季开球）。

10. 切记不要和水平低下的媒体一般见识。从现在开始，如果有记者问你问题的时候，就回答一个万能句式：“你的问题是假设的，我从来不回答假设性的问题。”

11. 做美国总统的最大好处就是，你可以到戴维营度假。你在戴维营可以做你想做的事情，穿着牛仔裤和T恤，做一些简单的工作，最重要的是远离报纸、媒体。

12. 儿子，记住你现在是美国总统了。你再也不用吃难吃的绿菜花了，即使是你的妈妈强迫你吃，你都可以说“不”！但是，记住不要告诉你妈妈，这是我说的！

节约用水

The Humorous Story

丘吉尔：爱雪茄，爱幽默

温斯顿·丘吉尔，卓越的政治家、军事家，两度出任英国首相。

他还是一位出色的演讲家、记者、作家和画家，在1953年获得了诺贝尔文学奖。

他还是一位幽默大师，他的机敏、睿智处处体现出他的幽默之光，在娱乐他人的同时，也得体地表达出自己的真实意愿。

丘吉尔的趣闻逸事

一次，丘吉尔来到美国进行访问，受到当地一家著名的供应冷烤鸡的餐厅邀请。在进餐的时候，丘吉尔觉得这种烤鸡好吃极了，便很有礼貌地对女主人说："夫人，我可以再来点儿鸡胸肉吗？"

女主人优雅地望着丘吉尔，温柔地说："丘吉尔先生，很抱歉，我们这里不说鸡胸肉的，这样太不文雅了。我们把它称为'白肉'。鸡腿肉因为烧不白，所以称为'黑肉'。当然了，我很乐意再给你来一份白肉。"

丘吉尔认为这位夫人纯粹是在卖弄学识，不过他还是为自己的言辞表达了歉意。

等丘吉尔回国后，他特地叫人给这位女士送去一朵漂亮的花。当这位爱咬文嚼字的女士收到这朵花的时候，发现上面附着的卡片写道："如果你愿意把这朵花别在你的白肉上，将是我莫大的荣幸——丘吉尔。"

丘吉尔有一位政敌，是强悍的阿斯特夫人。她曾经毫不留情面地对丘吉尔说：“如果你是我的丈夫，我会在你的咖啡里下毒。”

丘吉尔微微一笑，回答道：“夫人，如果你是我的妻子，我早就把咖啡喝下去了。”

丘吉尔为庆祝自己75岁的生日举行了一个茶会。在茶会中，一位菜鸟记者不识好歹地说：“丘吉尔先生，真希望明年我还能来祝贺你的生日。”

丘吉尔拍了拍年轻人的肩膀：“你身体这么强壮，应该没有问题的。”

有一次，一位漂亮但又十分做作的年轻女士望着丘吉尔，说：“丘吉尔先生，在你的身上，有两点我不喜欢。”

“请问哪两点呢？”

“你执行的新政策，还有你脸上的胡须。”

丘吉尔听完后，说：“真的吗，夫人？”他继续保持着风度：“不过，也没有多大的关系，你是没有机会接触到其中任何一点的。”

在一次大型宴会上，丘吉尔和他的夫人面对面坐着。

在席间，丘吉尔的一只手在桌子上来回移动，两个手指头弯曲着。众人十分不解地望着丘吉尔，丘吉尔的夫人却很淡定地说：“哦，我们在离家之前，发生了小小的争吵。现在，他在给我承认错误，弯曲的手指代表他正跪着向我道歉呢！”

丘吉尔年轻的时候是一位战地记者。一次，他不幸被俘，又幸运地逃走了。在逃走之后，俘获丘吉尔的人只出25英镑来悬赏捉拿他。

几年之后，丘吉尔把悬赏他的告示挂在了书房里。他在上面写着：这就是我的全部价格——25英镑。

好莱坞有意要拍一部有关丘吉尔的电影，丘吉尔欣然同意。不过当他得知一位名叫查理斯·罗福顿的电影演员将会扮演65岁和83岁的他，且这位演员的演出费用非常高的时候，他不同意了，说：“第一，这个演员太胖了；第二，他太年轻了，与其让他来演我，还不如让我去演自己更适合，而且演出费归我才对。”

诺曼·麦高恩是丘吉尔刚当上首相不久后的贴身男仆。有一天，他惊讶地发现主人在洗澡的时候正在大声说话。他马上问：“你是在对我说话吗？”

“不，不是的。”丘吉尔说，“我是在对下议院的议员们说话。”原来，丘吉尔正在一边洗澡一边慷慨激昂地发表演说。

有一次，一位英国妇女认出了丘吉尔，问道：“丘吉尔先生，每次你要发表演讲的时候，演讲大厅都被挤得水泄不通，你看到这样的情况，会不会感到兴奋呢？”

丘吉尔笑着摇摇头：“承蒙赞赏，每当我为这种状况感到兴奋的时候，我都会提醒自己，如果我不是在发表演讲，而是受绞刑的话，也许观众还会更多。”

丘吉尔当上英国首相之后，要回到自己的母校巡视。

学校里的校长和老师们毕恭毕敬地向他汇报学校情况，告诉他学校的学生成绩有多么好。不过，丘吉尔似乎对这些不感兴趣，他大手一挥，说：“我倒想见见这个学校学习成绩最差的孩子。”

孩子被老师领过来之后，丘吉尔高兴地拍着害羞的孩子，亲切地对他说：“我真的非常感谢你，是你牢牢地守住了我的位置。”原来，丘吉尔小时候读书成绩非常差。

丘吉尔在1922年做了一次阑尾切除手术。

在休养期间，他不能像以往那样发表演讲，结果竞选失败了。

他的朋友们都替他难过，担心丘吉尔的情绪不好。可丘吉尔说：“一下子，我失去了职务，失去了党派，失去了席位，而且还失去了阑尾。”朋友

心跳加速

们一听，都笑了起来。

一天晚上，丘吉尔在下议院多喝了两杯，走起路来摇摇摆摆。

这时，丘吉尔遇到了政敌工党女议员贝茜·布拉多克。她是一个极其肥胖的女人，说话也尖酸刻薄，见到丘吉尔后，气冲冲地说："你喝醉的样子真令人恶心无比！"

丘吉尔听后，微微一笑："夫人，我现在是醉醺醺的，但是到了明天早上，我就会清醒。而你一直又丑又肥，不论今天还是明天，永不改变。"

"二战"中的丘吉尔

丘吉尔在"二战"的时候，为英国做出了巨大的贡献。

为了纪念他的卓越功勋，英国国会通过提案，决定在丘吉尔退位之后，为他塑造一尊铜像，受众人景仰。可是丘吉尔本人对这个提案不太感兴趣，原因是："谢谢各位的好意，我担心鸟儿比较喜欢铜像，会在上面拉屎，所以还是算了吧！"

一次，丘吉尔赶时间，要去议院开会，在匆忙中拦下了一辆出租车。

为了方便等一会儿回去，丘吉尔跟司机说："劳驾，你能在这里等我一个小时吗？"司机想都不想就回绝了："对不起，先生，我现在要赶回家收听丘吉尔演说呢！"

丘吉尔一听心花怒放，在惊喜之下，他除了付了车费，还给了司机一笔非常可观的小费。

司机在收到小费之后，想了想叫住了转身想走的丘吉尔，说："先生，我改变主意了，我还是在这里等着你吧！管他什么丘吉尔呢！"

丘吉尔很喜欢看电影，特别喜欢看《雾都孤儿》。一天晚上，丘吉尔在别墅里欣赏这部电影。

他的狗名叫鲁弗斯，像平时那样，懒洋洋地躺在他的膝盖上。这只卷毛狗可是丘吉尔的心头挚爱。

当影片播放到剧中人物为了摆脱警察追踪，打算淹死自己的狗的时候，丘吉尔马上用手捂住了卷毛狗的眼睛，并对它说："亲爱的，现在不能看了，等会儿我会告诉你所发生的事情。"

第二次世界大战中，丘吉尔临危受命，成为战火中的英国首相。

在国内，他主要鼓舞全国人抵抗法西斯；在国外，他积极游说苏美两国合作，打击法西斯。在丘吉尔的努力之下，法西斯加快了灭亡，减少了战争损失。但是在战后不久的1945年英国大选中，丘吉尔意外落选了。

英国女王深深理解丘吉尔对国家的贡献，于是授予他一枚巴思勋章。获得这枚勋章的丘吉尔感慨地说："当选民解雇我的时候，我又怎敢接受陛下颁发给我的勋章呢？"

"二战"中，德军占领了荷兰，荷兰的流亡政府逃往美国，在那里设立了总部。不过，领导人德克·吉尔总理完全不懂英语。他在和丘吉尔第一次会晤时，非常友好地对英国盟友说了声"再见"，可那时候他们才刚刚见面。

丘吉尔不紧不慢地说："先生，我真希望所有政治会议能像今天这个这么简明扼要。"

有一个想在政治道路上大展拳脚的人，向丘吉尔请教政治家要有什么本领。丘吉尔想都没想："政治家要有预测未来的本领，他要预言出明天、下个月和将来发生的事情。"

那人又问："假如预测的事情没有实现呢，那该怎么办？"

"很简单，找个理由就行了。"

"二战"期间，曼克罗夫特勋爵供职于英国陆军部。曼克罗夫特勋爵会在丘吉尔外出巡视的时候来到首相府，在丘吉尔的专用地图上标出近阶段作战形势。这样丘吉尔回来之后，他只要看一眼地图，就会掌握整个局势。

一次，曼克罗夫特勋爵像往常那样来到首相府，把地图放在内阁会议室地板上，自己则跪在地上，用彩色笔标注着作战形势，并把自己戴的帽子头顶向下地放在地板上。

这时，丘吉尔回来了，他看到地上的勋爵，还有地上的帽子，一声不响地掏出了两便士，投进了勋爵的帽子里。

在阿拉曼战役前夕，丘吉尔特地召见了将领蒙哥马利将军。

在对话中，丘吉尔觉得蒙哥马利的逻辑不值得推敲，于是建议他斟酌一下。蒙哥马利认为这样会纠缠在逻辑旋涡中，便找了个借口推托。他说："首相先生，有一句谚语说'了解和亲昵会产生轻蔑'。如果我越是了解逻辑，越是会蔑视它。"

丘吉尔放下了烟斗，悠悠地说："话不错，可是我要提醒你，没有一定程度的了解和亲昵，什么都产生不了。"

1945年7月，丘吉尔在英国首相大选中失败。知道消息之后的理查德·皮姆爵士，马上去看望丘吉尔，想把大选结果告诉他。

他到来的时候，丘吉尔正在悠闲地泡澡。

理查德爵士就隔着浴室，告诉了丘吉尔大选的消息。

丘吉尔听完后，说："英国民众完全有权利把我赶下台，这就是民主，这样也是我们一直争取的！现在，劳驾你把毛巾递给我。"

丘吉尔很喜欢泡澡，无论多么繁忙，都会在一天之中抽出时间，钻进热气腾腾的浴缸中洗澡。洗完之后，他就会赤裸着身体，在浴室来回踱步。

"二战"的时候，丘吉尔希望能获得美国的军事援助，所以来到了白宫。当他在白宫浴室来回走动的时候，听到有人正在敲门。丘吉尔想都没想就说："进来吧！"

开门的人正是当时的美国总统罗斯福。

罗斯福总统看到一丝不挂的丘吉尔，觉得非常不好意思，正想退出去的时候，丘吉尔叫住了他："总统先生！进来吧。"

说完，他还展开双臂，表示出欢迎："英国的首相是没有什么东西需要向美国总统隐瞒的。"

烟头没弹远

两个人对视一下，哈哈大笑。

不久英国便获得了美国的军事援助。

在丘吉尔来到白宫的时候，罗斯福总统盛情邀请他下榻白宫，住在曾经最受美国人欢迎的林肯总统的房间。罗斯福总统特意告诉丘吉尔：“这真是一件值得纪念的事情，英国的丘吉尔曾经睡过美国林肯的床。”

没想到丘吉尔进去没半小时，就穿着一件老式睡衣，拿着手提箱，小心翼翼地从林肯的房间溜了出来。

丘吉尔以为神不知鬼不觉，可是这一幕恰好被白宫的管家看到了。

丘吉尔向管家说：“什么值得纪念的床，让它见鬼去吧！我可不能躺在一张一点儿都不舒服的床上过一夜！”

“二战”结束之后，丘吉尔会见了铁托，他大声说道：“要知道，在‘二战’的时候，我一点儿都不待见你。不过你现在所站的立场十分对我的口味，我比较喜欢你了。”铁托听完也不生气，哈哈一笑：“我可不是为了得到你的喜欢而生活的。”

“铁齿铜牙”丘吉尔

一位朋友在和丘吉尔聊天的时候，说到了生命的意义。朋友本想着从这位智慧之家这里听到什么智慧之言，想不到丘吉尔语调低沉地说：“我们都是虫子。”

朋友一听，完全摸不着头脑，怔在那里，不知道说什么。丘吉尔眉头紧锁，好像在思考人生难题一样。没过多久他又语调高昂地补充道：“哈哈，我就是一只萤火虫！”

有谁会愿意认为自己是一只卑微的萤火虫，像丘吉尔这样的人物，带领着英国人抗击法西斯，怎么说也应该是动物王者。丘吉尔甘愿做一只萤火虫，是因为萤火虫被人们称为“光明使者”。

在“二战”的黑暗时期，若不是丘吉尔，盟军的损失恐怕更大，盟国恐怕还要遭受更多的苦难。丘吉尔是萤火虫，希特勒是“苍鹰”，苍鹰想啄灭萤火虫，却都未能如愿。可见，这只小萤火虫有多大的能耐。丘吉尔的朋友细细一想，真的不得不佩服丘吉尔的“萤火虫论”。

斯大林加入盟军队伍，反抗法西斯，丘吉尔对此发表演讲，对斯大林的加入表示欢迎。他的政敌马上讽刺丘吉尔的政治态度是见风使舵，没有一点儿个人主张。

丘吉尔知道后，幽默地回答：“如果希特勒去了地狱，我也会在下议院为撒旦说好话的。”

审时度势，因势利导才是一个优秀的政治家所具备的条件，过于刻板，就会不合时宜。丘吉尔这句幽默的话，说出了当时的紧急形势，也换一个角度告诉政敌们，现在什么才是国家紧急的事。

英国著名的剧作家萧伯纳，一直都不喜欢丘吉尔。一次，他的新戏在剧院上演，他便叫仆人给丘吉尔送去两张戏票和一张便条。萧伯纳在便条上写道：“欢迎来观赏我的戏，也欢迎你带着你的朋友来看，假如你还有朋友的话。”萧伯纳的意思是暗示丘吉尔人品有问题，树敌太多，没有多少朋友。

丘吉尔收到便条之后，心知肚明，在回复的便条上写着：“首场演出我没空去了，但是我愿意带着我朋友去观看你的第二场戏。如果你还能有第二场戏的话。”

丘吉尔与保镖的故事

汤普森曾经是丘吉尔的保镖。他有机会近距离接触这位传奇人物，也有机会领略到他的幽默魅力，最重要的是他发现丘吉尔深藏着一颗机敏和纯净的童心。

丘吉尔除了喜欢雪茄还喜欢泡澡，这是人人皆知的。

汤普森有一次陪丘吉尔到中东，丘吉尔突然提出了洗热水澡的要求。为了满足他的要求，汤普森四处寻找，终于在列车的行李车厢里发现了一个浴缸，但是找不到热水。

丘吉尔知道后，取笑他说：“你就是个大笨蛋！”他叫列车司机停下车，叫人搬下浴盆，放在沙漠里，然后又吩咐司机从锅炉里取来热水倒在浴缸中。在众目睽睽之下，丘吉尔脱光衣服，然后跳进浴缸，舒舒服服地泡起了澡。

汤普森说丘吉尔的特殊爱好就是喜欢砌墙。可是他的砌墙功夫却可不怎么样，每次都需要泥瓦匠把他砌的墙重新砌一次。丘吉尔却不认为自己砌得不好，每次望着凹凸不平的墙，他都露出非常满意的笑容。

身为保镖的汤普森觉得丘吉尔有一点非常恼人，那就是丘吉尔十分喜欢冒险。即使德国人在空袭伦敦的时候，他不但不躲起来，反而开着车子，到处瞎逛。一次，德国人用V－1和V－2轰炸伦敦，丘吉尔竟然冲上屋顶看热闹，好像欣赏烟花表演一样。无奈之下，汤普森把房间和电梯的钥匙藏了起来。

一次，汤普森跟着丘吉尔去访问莫斯科，他们来到房间之后，汤普森警觉地查到屋里装有窃听器。丘吉尔听到后说：“你们好，我就是大名鼎鼎的温斯顿·丘吉尔。我劝你们不要浪费时间听我说话了，我正要睡觉呢，而且我睡觉的时候除了打呼噜，一丁点儿梦话也不说的。”

1945年5月8日，是具有历史意义的一天，这天欧洲迎来了胜利日。

作为成功带领英国人赢得战争胜利的丘吉尔，要在这天到白金汉宫接受人民致敬。作为保镖的汤普森也跟着丘吉尔前去，不过一路上丘吉尔担心的不是自己的演讲稿，而是他的烟盒里的雪茄抽完了。他马上命令汤普森帮他去拿，说：“人们不应该看到一个没有雪茄的丘吉尔。”

等丘吉尔出现在公众面前的时候，手拿着雪茄，口里正吞云吐雾，接受着观众欢呼。

大学同学

The Humorous Story

撒切尔："铁娘子"也很憨

玛格丽特·希尔达·撒切尔，英国第49任首相。

她是至今为止，英国历史上唯一一位女首相，人们亲切地称之为"撒切尔夫人"。

她也是继19世纪利物浦伯爵以来，任职首相时间最长的英国首相——曾经连任三届，任期达到11年之久。

她在任期间，对英国的经济、社会与文化等方面，做了大幅度的改革。她前后高姿态地反对共产主义，因此被苏联媒体戏称为"铁娘子"。而"铁娘子"的绰号已成了她的标志。

这位"铁娘子"首相手腕硬，自不用说，而且她身上还拥有着很多幽默的基因。

"铁娘子"也有憨态

20世纪80年代初期，英国经济萧条，失业人口大增，这段时间成为人们眼中的"欧洲病人"。

这时候的撒切尔夫人，为了改变现状，不惜向工会宣战，倡导自由主义经济，削减福利政策，鼓励穷人自己寻找"活路"。她开始了经济改革。

外界对撒切尔夫人充满着质疑，恶评如潮。但撒切尔夫人坚持自己的经济政策，对质疑的人，进行了风趣又有力的回击："你愿意的话，就请你改变，但是女士是不会改变的。”

在任的撒切尔夫人，有着强硬的手腕，因此被人们称为“铁娘子”。

她在回击其他政客的时候，也展现出她的强硬。撒切尔夫人在一次讲话中，面对针对她言论的人，她讽刺地说：“那些等着看我180度大转弯的人，自己去转弯吧！”

从英国国家档案馆的解密档案中可以看出，这位撒切尔夫人是一位对外交事务非常坚持原则，对手下要求高、不留情面的“铁娘子”。

但是她不是一个一味扮演着男性角色的女人。在某些时候，撒切尔夫人会显露出女性性格。她会出席完国会议会之后，抱着自己两个双胞胎孩子玩耍。她会像普通家庭主妇一样，洗着家人吃完饭的碟子，不同的是她在这个时候，思索着国家大事。

撒切尔夫人注定不是一个普通的家庭主妇，她曾经在丈夫求婚的时候，一边抑制住喜悦，一边询问当时还是男友的丈夫：“我将来不是一个普通的家庭主妇，我不会甘愿洗盘子的，你能同意这点，然后再确定和我结婚吗？”

长知识

撒切尔夫人是20世纪最杰出的女性之一。在人们的印象中，撒切尔永远都是一身职业套装。她女儿回忆说，母亲根本没有休闲装，因为她从来没“闲”过。

搞笑的撒切尔夫人

1977年9月，撒切尔夫人出访美国。她在访问中，更是显现出“铁娘子”风格，不惜和别人“争话筒”。

当时的英国驻休斯敦总领事馆官员罗伊·福克斯记载了那时的情形：在休斯敦的英语民族协会演讲中，撒切尔夫人兴致非常高，对提问环节情有独钟，滔滔不绝地发表着自己的言论。

当时主持人觉得撒切尔夫人讲得差不多了，于是提醒她时间有限。可是，她还是坚持要说完。最后，撒切尔夫人和主持人竟然为了话筒争抢了起来，虽然争抢时间很短，但是人们认为这样的情景十分有趣。

福克斯还提到撒切尔夫人入住的酒店的厕所把手不好用，撒切尔夫人和她的丈夫被困在了厕所里面。

美国总统里根上任之后，和撒切尔夫人有着很好的互动，也是在这个时期，英美两国建立了友好的关系。

在1981年7月的一天，加拿大渥太华召开了七国集团峰会。

英美两国也参加了，在会议上，七个国家领导人轮流发言。也许会议冗长，里根觉得十分无聊，他在会上随手拿起一张纸，在上面信手涂鸦起来。

会议结束之后，里根把纸留在了桌上。

等他离开之后，撒切尔夫人竟悄悄地趁人不注意收起了那张纸。她可不是把纸上内容当作军事秘密，而是带回伦敦唐宁街10号，并在退位后保存在了自己的住所。只是为什么撒切尔夫人对里根涂鸦情有独钟呢？

玛格丽特·撒切尔基金会历史研究员克里斯·科林斯说：“她一直告诉我她很着迷于里根的涂鸦。”

也许是因为撒切尔夫人看到了收藏价值，因为里根在他的作品中，画了五个头像，其中一个头像很像是自画像。他又画了只有一只眼睛、肌肉发达的男人。最重要的是，里根在纸上写了作画地点还签上了名字。

Part 02

幽默学一招，嘴上乐“滔滔”

蔡康永，一个爱“奇装”的绅士；

徐熙娣，一个敢触碰底线的疯狂女人；

吴宗宪，跨界耍宝的综艺天王；

欧弟，模仿界走出的励志红人；

窦文涛，一个敢说“人话”的人；

陈鲁豫，一个会讲故事的女人；

何炅，大本营里的不老“活宝”。

The Humorous Story

蔡康永：一个睿智的绅士

手拿手杖，头戴人礼帽，身穿笔挺西服，足蹬亮漆皮鞋的是绅士。

语言犀利，一针见血，风趣幽默，个性十足的是综艺节目主持人。

一本正经的绅士与搞怪的综艺节目主持人这两个身份，人们似乎很难将它们联合在一起，但是就有那么一个人兼具着这两种特质，深受观众喜爱，并活跃在中国台湾的名人圈。

他就是——蔡康永。

温柔的绅士主持人

很多年轻人认识蔡康永，都是因为台湾当红的综艺节目《康熙来了》。

节目中的蔡康永，永远穿着时尚，访问来宾的内容尖锐又幽默。他主持过不少谈话性节目，其中最成功的就是2004年开始的《康熙来了》。他与搭档小S（徐熙娣）的互动十分默契。

活泼的主持风格，让人完全看不出他是一个已年过半百的人。现实中的蔡康永，出生在一个富裕的家庭，祖父经营自来水公司，父亲是著名的律师。由于是老来得子，蔡康永受到家人捧若明珠般的疼爱。良好的家庭环境，也让他成为一位名副其实的绅士。

在台湾，蔡康永和陶晶莹、小S、利菁被合称为综艺界的“三后一王”。他获得了三届的金钟奖的荣誉。除了主持人，他还是作家、设计师、演员和编剧。

《康熙来了》是台湾的一档谈话性娱乐节目，原名《奇怪十点钟》，2004年开播。曾经担任过制片的蔡康永在受到老板王伟忠的邀请后，提出了与徐熙娣主持搭档的要求。蔡康永认为她拥有跟自己截然不同的主持风格，并且很欣赏她的活泼大胆，两个人搭配会有亦庄亦谐的效果。

“康”和“熙”取两位主持人的名字其中一字，与“康熙皇帝”一语双关，所以在最开始的时候，就用了古代藏宝盒的动画作为开场画面。

蔡康永和徐熙娣的合作采取一个人拉主线，另一个人以丰富内容的方式进行。两位主持人经常说这个节目从来都不按照脚本进行，所以两个人在节目上的爆点十足。很多上过《康熙来了》的嘉宾都表示，在这个节目上总是很容易不小心说出真心话。

不管是在娱乐圈还是在日常生活中，前辈跟后辈总是有一道难以逾越的鸿沟。于是前辈总爱端着架子讲大道理，后辈也只能悉听尊便。蔡康永的魅力在于他总是把自己的心态跟年轻人保持一致，后辈也会叫他“康永哥”。他会讲道理，但他的话语中的安慰成分总比教导要多，就像一个温柔的绅士，在你迷茫难过的时候递上一张纸巾，而不是一味掏出自己的“人生经验”说着空泛的人生道理。

综艺圈中的绅士——蔡康永，是一个特别的存在。

不加掩饰的个性人生

显然，蔡康永已经不是年轻人了，但他的生活绝对是具有个性而精彩的。他喜欢收藏各种古灵精怪的书籍、艺术品和玩偶，他在节目中的造型更是以独特著称。看过《康熙来了》的观众一定不会忘记蔡康永肩膀上放一只黑色乌鸦的造型，其实这个造型的灵感来源于大导演希区柯克的一部电影《鸟》，读电影专业出身的蔡康永以此表示对大导演的敬仰之情。

在2010年的金马奖颁奖典礼上，蔡康永延续这种风格，夸张大胆地将整个大鸟笼套在头上，趣怪突出的个性与风格，完全不输给年轻的小S。

蔡康永本是一个“文人”，他出版过的书不比主持的节目少，例如《痛快日记》、《LA流浪记》、《那些男孩教我的事》、《蔡康永的说话之道》和《有一天啊，宝宝》等。2011年，他更是入选了“中国作家富豪榜”。蔡康永的身份，跟他的造型一样，远不止一个，而且常常惊喜十足。

Cai是蔡康永用自己的姓来命名的女鞋品牌，没错，他还有一个身份就是设计师。这个温柔的绅士还有浪漫的一面：“我想透过设计，将浪漫献给每一个值得宠爱的女人。”他推出的女鞋已经有好几季了，“外貌派”的设计风格受到明星的追捧，除了美感上的设计之外，他还为每一款鞋子的设计都撰写了爱情箴言。谈到对鞋子的创作灵感，蔡康永表示：“我向来很宠女生的。我写的文字，希望给女生温柔的宠爱并让她们对爱情有美好的向往。这次，我想用设计女鞋来为我宠爱的女生做同样的事。”

心灵导师

自从有了微博，明星与群众的互动便成了一件很容易的事。蔡康永经常会在自己的微博上发表一些温暖治愈系的语句，就算你没看过他的节目，也会被他那细腻而沁人人心的话语感动，并喜欢上这位“不乖小王子”。

“一朵云里的两滴雨，恋爱了。旁边的雨滴很冷淡，反正很快就要掉落，何必呢！但这两滴雨，还是要恋爱。不久，云变成雨，一滴滴纷纷掉落。而恋爱着的这两滴雨，拥抱在一起，往下掉。它们准备好要掉在地面，消失不见。但就在消失前，它们从两滴变成了一滴。”

这样淡淡的话语，没有修饰，没有矫情，读完却让人心头一暖，从此相信爱情。

“球赛快结束时，播报员激动地喊着：‘时间越来越少了！剩下的时间越来越少了！’这样播报当然没错。但我听到时总忍不住想着：别激动啊，时间一直都是越来越少的。不管你是谁，不管你几岁，不管你在做什么，时间从来都不会越来越多，时间永远是越来越少的……永远，越来越少。”读到这段话，不禁觉得蔡康永是一个思维特别的人，在看球赛那么紧张的时刻，他还可以悟出这么简单却一直被人忽略的道理——时间只会越来越少。

当然，乐观地生活也很重要，他曾说过：“被劈腿了真伤心，只好安慰自己眼光还不错。自己喜欢的人别人也喜欢。”

剁椒鱼头

和女友一起吃饭~~
你是不是特别爱吃鱼头啊?
小时候，只有过年才吃鱼。奶奶只吃鱼头，把鱼肉都给我。现在生活虽然好了，但优良传统不能忘啊!
那时候你们也吃剁椒鱼头吗?

The Humorous Story

徐熙娣：一个疯狂的女人

说到中国台湾综艺圈的主持人，就不得不提到有“主持一姐”之称的小S（徐熙娣）。已经是三个孩子母亲的小S，至今仍然活跃于荧幕上。她健康时尚的形象和无厘头的主持风格，深受年轻人的喜爱。

她的姐姐徐熙媛曾说过，小S是一个浑身都散发着轻松气息的人，跟她在一起会感觉压力全消。或许就是这种率真的性格，让小S成为目前台湾最具人气和影响力而且收入最高的艺人之一。

丑小鸭的蜕变之路

曾经的小S与性感美丽是沾不上边的，在姐姐徐熙媛（大S）旁边，戴着牙套的她更像是一只丑小鸭。

当她们还在华冈艺校上学的时候，活泼的大小S就出了首张专辑《占领年轻》；期间她们还以SOS的偶像组合身份到日本发展，拍摄泳装写真；高中毕业后，她们的组合由SOS改名为ASOS，并开始主持八大综合台的娱乐新闻节目《娱乐百分百》。在这个节目里，小S的搞怪个性和与众不同的主持风格开始崭露头角，并因为和艺人黄子佼的绯闻，开始受到年轻观众的注意。

在竞争激烈的娱乐圈，小S也曾是一个不起眼的小配角。

在《我猜我猜我猜猜猜》这个节目刚成立的时期，她只是跟在吴宗宪身边负责扮演小丑的角色。在节目上扮扮鬼脸，被吴宗宪调侃一下，她没有受到太多关注。随着担任助理主持的时间增长，小S独特的个人风格开始慢慢显露出来。当时戴着牙套的她，虽然算不上美女，但这也正是她个人特色形成的开始。

为吴宗宪做助理主持时，她虽然常被当成调侃的对象，但还是从这位经验丰富的综艺大哥身上学习到很多东西。她聪明地将吴宗宪的主持优点融合到自己的特色当中，肢体更夸张，在言语上稍收敛。

偶然的机会，凭着一首《徐老师健身操》的搞怪舞曲，小S开始在演艺圈走红。

这时的小S已经摘掉牙套，丑小鸭开始进入蜕变过程。在跟庾澄庆和阿雅一起主持《超级哈S帮》的时候，小S的主持魅力已经不会被搭档庾澄庆完全遮挡住了，她不再是一个单纯扮丑的角色。

八卦嗜

很多报道指出小S嫁入豪门，小S却笑着说：“没有大家想得那么夸张，他只是个吃得饱、穿得暖的正常人啦！”

也就是这个时期，小S搞笑的才华及性感的魅力，为她成为“主持一姐”塑造出了一个性感谐星的雏形。

大小S在演艺事业的初期，以偶像组合的形式出现在大家面前。

在《娱乐百分百》里，小S是一个语言犀利、轻松又大胆的主持人。而大S则多在主持过程中穿插冷幽默吐槽小S，一冷一热的对比，为观众带来了新鲜感。

同时大S不按常理出牌的主持风格，也锻炼了小S机智的反应力。跟不同搭档主持获得的经验，让小S在主持的道路上更加如鱼得水。

当搞怪遇上才子

一个人的成功，很多时候需要在对的时间遇上对的机会。

2004年，当小S的主持功力达到一定水平的时候，《康熙来了》这个节目成立了，还把蔡康永这个才子带到小S的身边。

同时具有主持人、作家以及电影人等身份的蔡康永，他的主持风格跟小S截然不同，然而他们两个合作起来却发生了奇妙的化学变化——蔡康永的稳重成熟与小S的恶搞幽默糅合在一起，使节目播出之后很受欢迎。

时至今日，默契与日俱增的康永哥和小S已经成为台湾主持界的天王、天后。他们两个更在台湾演艺圈“三后一王”中占据了两个位置。

2005年，小S凭借《康熙来了》夺得第40届金钟奖最佳综艺节目主持人的奖项。

此后，小S也多次担任台湾金马奖、金曲奖和金钟奖晚会的主持人，跻身目前台湾人气最高、影响力最大和收入最多的艺人行列。

在《康熙来了》中，小S与蔡康永的互动常常会是最精彩的爆点。他们的互相配合既化解现场的尴尬气氛，又让来宾感觉好像跟好朋友聊天般舒服自在——不做作，够直接，这也是节目受到观众追捧的原因。

《康熙来了》中的小S已经完全褪掉丑小鸭的外壳，成为一个成熟性感的时尚明星，但她有时候还是会不惜自嘲，为观众带来欢乐。

一次姐姐徐熙媛来到《康熙来了》做嘉宾，姐妹的对话也是笑点多多。

大S：“我想说累的工作我来做就好，她（小S）做轻松又赚钱的就好。”

蔡康永：“你想都没想过你姐会讲这样的话吧！”

小S：“刚刚听到时就想，她是不是鬼上身了！”

蔡康永：“那你可以骂她（大S）丑啊！”

小S（无奈）：“你骂她丑自己也没有立足点啊！”

当然跟姐姐的访谈中这些算是温馨的部分，很多时候小S的无厘头会让来宾哑口无言，但这也让观众看到了来宾难得一见的画面。有一期小S问女来宾怎样才会答应富商的饭局。

女来宾：“就是……就是在……”

小S：“太饿的时候吗？”

小S在节目的表现会让人觉得她似乎疯狂到近乎失控，但小S总是可以很好地把握住节目的尺度。一次歌手孙燕姿接受他们的访问，蔡康永让小S摆一个性感造型。

小S：“好想放屁。”

蔡康永和孙燕姿都吓了一跳。

小S：“人人都要吃喝拉撒，这有什么？”

在小S的主持辞典中，并没有什么是不能说的，她的伶牙俐齿让人很吃惊。这种坦率的性格，跟演艺圈中很多被揭露台上台下两个样的明星截然不同，这也是她最大的特色。

跟小S搭档多年的蔡康永对她了解很深。蔡康永曾表示，他最想采访的人就是小S。他说：“我想小S一定不敢被我采访，她碰到熟人会讲出很多秘密。为了饶过她，我一定不会在电视上采访她。小S喝醉以后会跟我倾诉心事，但第二天她不会记得说过什么，我只扮演倾听的角色。”

小S在蔡康永眼中或许就是一个天真的小女孩，坦率又善良。这两个亦师亦友的搭档，就是被《康熙来了》连结到了一起。

小S一路走来，她的成功绝不是只有幸运，如今的她以性感明星的形象，成为时尚杂志的模特新宠；广告的数量也不断增加；很多明星朋友也邀请她加入MV的拍摄。

现在，丑小鸭已经不见了。小S经过不断的努力和探索，在被质疑被否定的环境中坚持不懈，走出自己的特色风格。她的轻松搞笑，无疑让她成了最闪耀的一颗“星”。

可爱的“麻辣人妻”

35岁的小S已经是三个孩子的妈妈，她的家庭生活也被观众和媒体关注着。大S曾在访问中说过，小S是个聪明的女人，她把轻松的人生观带到婚姻生活中，跟她相处的人都不会有压力，甚至会被她的正能量所感染。

她在节目上经常吃男明星“豆腐”的形象让很多“传统”的人感觉不太妥当，但小S跟老公最初的交往却很单纯。

在老朋友阿雅的访问节目中，小S讲述了喜欢上老公的过程：“他有时候做事情很怪，就是会在舞池中竖着双手的拇指在摇摆跳舞，我看到后会跟他说‘你的拇指’，他就很认真地回答：‘对啊，一起来跳舞。’如果是其他人做这些事我会觉得很恶心，但他做这些的时候表情很认真，一点儿都不像在开玩笑。我觉得我就是爱他认真的表情，因为是他做的，所以我觉得很可爱！”

小S还说过，她跟老公之间有他们独有的语言，不需要有什么意义，两个人在房间里各自做着自己的事，偶尔回头看到对方在就觉得安心。

小S是一个事业型的女人，所以她跟公婆相处的方式也跟普通的媳妇不太一样。

小S说跟公婆相处，要多说好话，平时可以不用送礼物给他们，但在一些重大节日就要送贵重的礼物，这样他们就可以在朋友面前炫耀自己媳妇的礼物了。

在对待小孩子的方面，小S更是个性十足。

在一个阳光明媚的下午，她去幼稚园接小孩，带她们到野外游玩感受大自然，她说学校每天都可以去，这么好的天气怎么可以浪费！

小S的成功不止在事业上，在亲情、爱情、友情上，她也很成功。

有人因为做事一丝不苟而成功，有人因为学习刻苦钻研而成功，小S，用聪明的方法将轻松带给周围的人，她浑身散发着正能量，让看到她的人都仿佛感觉世界充满了阳光，难怪这个魅力人妻，让人对她如此着迷！

干了这杯酒

1
大清新去医院做手术，特别紧张~~
2
别紧张，放松点儿！放首歌给你听吧！
走起！
太感激了！
3
♫朋友你今天就要远走，干了这杯酒！
4

The Humorous Story

吴宗宪:"综艺天王"爱耍宝

说到中国台湾综艺圈的代表人物，就不得不提起有"综艺天王"之称的吴宗宪。他一度登上台湾主持人收入的榜首，成为实至名归的"本土天王"，并跟张菲、胡瓜和张小燕合称台湾电视综艺圈的"三王一后"。然而，虽然吴宗宪受到很多观众的喜爱，但人们对于他的评价颇为两极分化。

吴宗宪是一个活跃在争议中的"天王级"主持人。

白手起家的天王

吴宗宪出生在台南一个小康家庭，中学的时候家道中落，当时16岁的他毅然选择只身来到更加繁华的台北寻求发展。为了可以快点儿独立，他不接受家里任何的援助，并开始在台北的民歌餐厅做驻唱歌手。初到台北，为了省钱，他住在临时加盖的楼顶房，简陋的房间里只有一张桌子和一张床。吴宗宪说："当时的生活很苦，但是每一只碗、每一双筷，都是我用自己的钱买的！我是真正白手起家的！"

他在汽车加油站工作时，发生了一件对他的人生有重大意义的事情，这也成了后来吴宗宪努力赚钱的原动力。一天，一辆奔驰汽车来到加油站加油，吴宗宪不小心把汽油滴到了轮胎上。奔驰车的女主人十分生气，要求加油站赔钱，还辱骂了吴宗宪。结果吴宗宪只好拿出自己的毛巾，跪在地上把轮胎擦干净。少年吴宗宪深感屈辱，他发誓："将来我一定要开比你更好的车！"

个性活泼并有着一副不错嗓音的吴宗宪，一心想加入演艺圈。当时台湾流行一个电视歌唱比赛，叫"五灯奖"。吴宗宪就跟好朋友苏芮一起参加了比赛。经过一场场的"拼杀"，走到了最后关头，但这时吴宗宪收到了服兵役的通知，无奈之下只好放弃比赛，错过了人生中加入演艺圈的第一个机会。

退伍之后，吴宗宪继续寻找着加入演艺圈的途径，经过几年辗转，终于出了自己的第一张专辑，主打歌《是不是这样的夜晚你才会这样的想起我》成了人们传唱的热门歌曲。可是歌红了，人却没有红。于是个性活泼、搞笑功力十足的他开始转战综艺节目。但由于知名度不高，在当时的综艺节目《钻石舞台》的短剧单元中，他也只能扮演一个小小的跑龙套角色。

经过在娱乐圈基层几年的打拼，吴宗宪累积的人脉关系让他有了第二次出专辑的机会，主打歌是闽南语的《真心换绝情》，这首歌被当时热播的闽南电视连续剧《火中莲》选中作为片尾曲。至此，吴宗宪的演艺之路打开了一页新的篇章，这首歌还让他得到了金曲奖的荣誉。

在演艺圈接下来的发展中，吴宗宪陆续在不同的综艺节目中担任外景主持、助理主持。除了知名度开始逐渐提高以外，他从中也得到了不少主持的经验，这为他日后登上"综艺天王"的宝座打下了坚实的基础。

而后吴宗宪加入综艺节目《我猜我猜我猜猜猜》，担任主持人。这个节目让吴宗宪正式成为台湾知名节目主持人之一。

自成一派的"吴氏搞笑风格"

在节目上，吴宗宪反应灵敏、机智滑头而且不怕开各个明星的玩笑，深厚的主持功底很少有人能超越，这也逐渐形成了他独有的"吴氏搞笑风格"。

随着入行时间的增多，开始步入中年的吴宗宪却依然保持着年轻健康的心态，尽管他已经成了"大哥"，但从不跟年轻人的生活步伐脱离，因此在他的支持者中，年轻人占了很大的部分。由于在节目中"放得开"，吴宗宪主持的时候从来都不避讳开玩笑、挖苦来宾，以致还有人说他不尊重女性。

不断出现的负面新闻，让人对他“又爱又恨”。但这些都无损吴宗宪的“天王”地位，演艺圈的人都称呼他为“宪哥”。他连续三年入围金钟奖最佳主持人，并在2008年夺魁，身价过亿的他终于实现了儿时的理想大志。

天王的多彩人生

吴宗宪的副业很多，他说发展副业是为了如果在演艺圈发展不稳定，自己还有退路。他的副业包括餐厅、健身房甚至科技产业。可是这些副业并没有像他在演艺圈发展得那样顺利——投资失败，媒体一度报道他要卖屋抵债。

对于这个说法，吴宗宪否认是因为投资失利，而是为了方便孩子上学。2009年3月，为了专心发展LED的科技产业，吴宗宪宣布退出演艺圈，可是又在同年7月复出。他的好朋友康康曾在节目中谈及这个问题：“你已经在演艺圈得到了一个很好的成绩，这就是你的专业，可现在你要去发展LED的科技产业，那么那些一直在LED事业上奋斗的人会怎么想？你一个艺人都可以随便转型来做LED，如果你还成功了的话，那那些专业的LED从业人员算什么？”

虽然外界猜测吴宗宪因为投资失利让生活陷入困境，但这些都无损他在演艺圈的地位。在“2012年台湾综艺主持人年收入排行榜”上，吴宗宪依然位居首位。

在台湾的演艺生涯达到了顶峰后，吴宗宪开始转向大陆的演艺市场。2012年，他在大陆拍了两个广告，举行了近50场的演出，丰厚的收入打破了他所有关于财政危机的传言。

吴宗宪在节目中常常语言犀利，甚至有点儿“口无遮拦”，这样大大咧咧的他，原来在节目之后也是一样的“辛辣”。2001年，台湾的《壹周刊》刊登了一篇吴宗宪与艺人钟甄的绯闻。吴宗宪随即召开了一个记者会，指出这个新闻是《壹周刊》自己设计的，《壹周刊》不经调查确认就发表，搅乱了台湾的社会文化，要求《壹周刊》“滚出”台湾。

作为台湾“本土天王”的吴宗宪，按照自己的步调活跃在演艺圈，精彩的人自有精彩的人生。

只有一半

亲爱的，我想要这双鞋！
钱不够，我只带了一半！
￥:8888
那就买这双好了！
￥:4000
我都告诉你只带一半了！这是全部的，88元！

The Humorous Story

欧弟：模仿达人很搞笑

娱乐圈中，综艺界的搞笑艺人一般被称为“谐星”。谐星在台上总是担任搞笑和被讥笑的角色，有时候甚至会让人觉得他们天生就是没有烦恼的人。然而，很多谐星在生活中都是沉默严肃的，或许是因为在台上“疯”久了，所以私下想享受安静，又或许他们的演技太好了，把自己真实的一面完全给掩盖住了。欧弟就是一个“演技”高超的人。

生活造就男子汉

欧弟搞笑的主持风格大概形成于他的童年时期，欧弟的爸爸是一个跆拳道教练，并且有属于自己的公司，所以从小住着别墅的欧弟，一直是同学们羡慕的对象。

欧弟的家庭总是充满着欢声笑语，父母和姐姐对他都宠爱有加，单纯欢乐的童年让欧弟的性格也变得简单轻松。

在欧弟高中的时候，他幸福的家庭因为爸爸公司经营不善倒闭而走向了破碎境地。欧弟的父亲是一个讲诚信、守信义的人，他不想像同伴那样一走了之，于是不得不跟高利贷借款，以至于负债累累。

欧弟的妈妈不能理解丈夫的行为，也受不了家徒四壁，于是决定跟欧弟的父亲离婚。

空壳的家庭只剩下父亲一个人在支撑着，欧弟也从那时候下定决心和父亲一起撑起这个家。他逐渐变成了一个男子汉。

为了还债，父亲没有给欧弟留下车钱和饭钱。欧弟每天都要步行3个小时去学校，他常常迟到，老师以为他偷懒，还将他狠狠地教训了一顿。

但是时间长了，老师知道了欧弟的家庭情况，给了他一些生活费，但一个月后，倔强的欧弟就把钱全数奉还了。

生活的压力没有因为欧弟的坚持而减轻，他只好将三餐变成一餐，肚子饿的时候就喝水充饥。吃午饭的时候，因为同学们的饭菜香味诱惑太大，欧弟只好离开教室，等午饭时间过了再回来。

后来同学们发现了，每次吃饭的时候都一人分一点儿给欧弟，让他感动不已。

毕业之后，欧弟进入了演艺圈，要用赚到的钱帮父亲还债，还要保证父亲的生活费。

无底洞般的债务，让已经进入演艺圈的欧弟依然不能买到自己想要的东西。随着欧弟的事业逐渐走入佳境，他跟另一位艺人罗志祥组成的“罗密欧”组合，受到大家的欢迎。可是就在这时，他收到了服兵役的通知。事业上升时期的欧弟，不得不离开团体，进入部队受训。

父亲的债务却没有停止过。

在欧弟进入军营第一年，一天，满身是伤的父亲来到军营，一看到欧弟就跪了下来，因为他又欠了一笔新的债务。那时候的欧弟觉得眼前的父亲不像是一个爸爸，而是一个需要自己去保护的孩子，欧弟也感觉到了生活的无助与彷徨。

那段灰暗的日子让欧弟产生了自杀想法，但当他再次睁开眼睛的时候，却又重新获得了力量，最终选择坚强地走下去。后来欧弟谈起那些经历时，显得云淡风轻。他说那时候最痛苦的不是沉重的债务，而是内心的无助，他想到要保护父亲，就必须变成一个男人，用肩膀扛起沉重的担子。

化身“超级模王”

退伍之后，欧弟重新踏进演艺圈，开始向主持人方向发展，并拜中国台湾综艺“三大天王”之一的胡瓜为师。

在主持的道路上，欧弟遇到不少困难，但由于之前的艰苦生活已磨炼出他坚持不懈的精神，在2007年，他跟着吴宗宪一起进军大陆，主持综艺节目《周六乐翻天》，开始在大陆寻求发展。

由于表现突出，湖南卫视邀请他加盟《天天向上》的节目录制。没想到他跟搭档汪涵一拍即合，再加上他的搞笑功力，受到观众的热烈追捧。欧弟一度被认为是在大陆发展最好的台湾艺人，还得到了“年度新人奖”和“最具潜力电视节目主持人奖”。

欧弟的主持生涯高峰是在主持《超级模王大道》的时候，欧弟自身的模仿功力以及他带领的模仿达人的精彩表现，使节目大获成功。

很多谐星或者综艺圈的人在接受采访的时候都表示，在平时生活中，一些观众遇到他们，都会说“你怎么这么安静啊，说个笑话啊”，他们都感觉很无奈。

其实谐星只是台上的谐星，台下也恢复自己本来的一面。或许只有经历过苦难的人，才能散发出真正欢乐的能量。

查票

The Humorous Story

窦文涛：教你说“人话”

曾经有一位作家说过，他最欣赏的是有幽默感的人，而不是有气质的人。窦文涛，大概就是这样一个拥有难得幽默感的人。

让电视说人话的主持人

窦文涛是一个很自我的人。他的自我倒不是因为盲目的自信，而是因为他说过，自己其实是一个比较自闭的人，不工作的时候，他基本不接触媒体，典型的两耳不闻窗外事。窦文涛的主持风格让很多人都觉得他很大胆，按他自己的话说，其实就是因为政治觉悟低，不懂分寸，所以造成了这个有话直说的主持风格。

跟很多著名的主持人一样，窦文涛在主持上获得的奖项很多，比如2004年他被评为“15年来中国最有价值的电视节目主持人”；而最特别的一个评价则是：“他让中国电视开始说‘人话’。”这是一个对时事评论主持人最朴素也是拥有最高荣誉的评价，观众不再只是听到字正腔圆的官话。一个说“人话”的主持人，显得何等珍贵！

窦文涛最著名的节目是《锵锵三人行》，主持人与两个嘉宾谈论着时事问题，嘉宾包括了导演、作家、学者以及传媒界的精英等，这些在各个领域的“非常男女”聚在一起嬉笑怒骂的同时，也带给观众很多不同角度的资讯。他们不求结论，只求过程，以电视人的角度跟生活中的知识分子交换着谈资与观点，使得正经八百的官方消息与民间意见拥有一个共同表达的平台，这种“窦式脱口秀”的谈话模式，至今还是中国知识分子客厅中的“功夫茶”。

不求未来，珍惜当下

也有人好奇，已经取得事业上成功的窦文涛为什么还没有结婚呢？作为成熟男人的他倒有着独特的见解：“女人象征着男人的一个梦，梦这种东西有一个规律，就是如果你伸手想要去抓住它，它就会消失不见。”所谓“色即是空，空即是色”，未来会发生什么我没有想过，就像自己的近视眼，只要看见今天过得好，然后把明天变成另一个过得很好的今天就可以了。

他说：“那种属于生命中规划出的东西永远也不属于我！”或许很多中国人都会觉得这是“今朝有酒今朝醉”的想法，中国人喜欢计划，喜欢为未来铺路，喜欢为刚出世的孩子描绘未来完美的生活蓝图，可是在这个意外与明天永远不知道哪个会先到的世界，活得快乐，或许才是我们当前最该学习的生活态度。

自1996年加入凤凰卫视，窦文涛尝试过的节目类型很多，像访谈节目《明星三人行》、栏目剧《老窦一家亲》、综艺节目《两极大碰撞》等，还有很多重大的特别节目，如《香港回归60小时直播》、《中华小姐环球大赛》和2004年奥运特别节目《奥运连环阵》。

凤凰卫视带给窦文涛如此多的机会，让他对凤凰卫视产生了深厚的感情，特别是对老板刘长乐。窦文涛对刘长乐的感情近乎于崇拜，他欣赏老板的肚量，所谓道量大福大。窦文涛觉得跟刘长乐的相遇是一种缘分，为了表达自己对老板的知遇和栽培之恩，窦文涛表示只要老板还是刘长乐，自己就不会离开。不忘初心，方得始终。窦文涛不想未来，所以对于当下拥有的，更是十分珍惜。

让人捧腹的风趣人生

窦文涛经常跟人说起自己的“糗事”，觉得今天你在10个人面前出了一回丑，将来你会在10万人面前争回面子！他在经历“糗”的过程中，已然成了一个自信的人。

“每当我认为差不多能毕业了，老师就会用新题目告诉我：小学生，从头再来吧！”窦文涛的人生哲学，似乎是用幽默成分来组成的。“永不放弃？不，永远放弃！”这是窦文涛的座右铭。相比起一直慷慨激昂地鼓励人们“不要放弃！坚持就是胜利”，这种逆向思维，反倒可以让一些反叛的人们听进耳中，收进心里。

香港凤凰卫视的工作环境对主持人的形象风格有比较多的个性要求。窦文涛在中国香港做主持人的时候，老板喜欢一位财政专家穿马甲打领结的打扮，于是让他也这样打扮。窦文涛笑称：“其实，我对穿什么服装无所谓，反正穿什么也好看不了，你给我穿什么就穿什么。”

有一次他没有穿马甲，只穿了一件T恤，很多观众都不满意他这身打扮。窦文涛解释，这是因为他收到一个署名“好可怜”的观众的电邮，说她得了重病，很喜欢看他的节目，希望可以看到他赤裸上身主持一次节目，看看他那发达的肌肉。窦文涛说这封电邮或许是真的，或许是恶作剧，但为了避免伤害这位“好可怜”的心，所以自己就穿了一件紧身T恤。他对“好可怜”说：“对不起，好可怜，我的肌肉展示出来不一定好看，说不定会让你病情更加恶化，所以我穿了这件T恤，您就看看这小胳膊的轮廓算了。”

这位亲民主持人，面对这样一封小小的电邮做出如此“贴心”的回应，像是一个亲切的大哥哥，不像是遥不可及的电视主持人。

从北方来到香港工作多年，窦文涛入乡随俗学习说广东话。在香港，他也总跟别人说广东话。后来，凤凰卫视第一批大陆主持人陆续来到香港。一天，化妆师跟鲁豫和戈辉抱怨：“你们几个说的普通话不标准，我们香港人一点儿也听不懂。人家文涛就好多了，讲的普通话我们全听得懂。”这时，在一旁的窦文涛生气地说：“我跟你们说的是广东话！”

语言的世界千姿百态，有人喜欢冷幽默，有人喜欢热笑话。窦文涛真诚又调皮的幽默感无处不在，让你防不胜防，但总让你在不知不觉中，爱上这位主持人。

解压的方法

The Humorous Story

陈鲁豫：故事讲得很到位

鲁豫曾经获得“中央电视台最受欢迎的十大节目主持人”称号，还被媒体称为“东方奥普拉”。这位身材瘦小的主持人，用她专业的态度、具有亲和力的主持风格，和偶尔幽默的发问方式，让来宾和观众在不知不觉中进行了一次心灵交流。

专业与幽默并存

作为一个受欢迎的主持人，鲁豫有自己的一套主持方法。鲁豫觉得生活节奏的加快，给人们带来了诸多压力，而观众看电视就是希望从中放松自己，所以主持人不能板着脸去说教，要轻松地愉悦大家。主持人要用一种平等的心态面对观众，要把自己想象成是在跟一个人或者一个家庭对话，这样才会有老朋友聊天般的顺畅。总的来说，新闻不再是“报”出来的，而是“说”出来的。

在访问节目中，鲁豫有自己独有的笑点。在访问周星驰的一期节目中，鲁豫说到了一个笑点，然后笑了起来，可是周星驰似乎没有大家认为得那样幽默，他竟然连“赔笑”一下都没有。见到气氛有点儿尴尬，鲁豫问：“你不觉得好笑吗？”周星驰也“毫不客气”地反问：“你觉得好笑吗？”可见星爷就是星爷，管你怎么说，我想怎样就怎样。但是也正由于星爷这一句“你觉得好笑吗”，反而引起了一种喜剧的效果。就像星爷在自己的电影里面设置了很多反问句，最后突出一种诡异的搞笑气氛，于是全场都笑了起来。还有一次鲁豫访问一位来宾，嘉宾说：“我当时睡着了……”鲁豫马上问：“你怎么知道你睡着了？”全场又是一阵欢笑声。没有确切的笑点，也许就是鲁豫自己的幽默之处。

说出你的故事

如果说每一个著名主持人都有一个“代表作”节目的话，那么鲁豫的代表作就是《鲁豫有约》。很多时候，我们看电视都是漫无目的的，手拿着遥控器乱拨一通，哪个节目让你停下来了，那个节目就是你最感兴趣的。

打开电视，常常看到鲁豫的节目——两个人坐在舒服的沙发上，不需要挺腰直背，用最轻松的姿势坐着聊天，就像在街角咖啡厅遇到了老朋友，让人不自觉地就停下来观看他们的聊天。

《鲁豫有约》虽然是轻松的谈话节目，但邀请的嘉宾都是社会上举足轻重的名人，如中国台湾著名作家李敖、奥运金牌得主王军霞、国际武打巨星成龙、中国香港四大天王之一刘德华、偶像歌手谢霆锋、残疾人励志演讲家尼克·胡哲等。这些名人的背后，往往隐藏了一些精彩的故事，观众们可以看到他们最真实的一面。

在节目中，很多名人都说出了自己的故事，而鲁豫自己的故事，被大家关注最多的就是她的感情经历。鲁豫跟她的初恋朱雷，两个人在13岁相识，18岁相恋，21岁分手。这一段纯纯的少年感情让鲁豫一直铭记在心。跟初恋分手后，鲁豫跟她的美国丈夫相识并闪电结婚，但由于性格不合很快又离婚，并跟分开9年的初恋朱雷重新步入婚姻殿堂。

鲁豫是一个敢作敢为的人，曾经表明过自己的立场：“我和其他女孩不一样，我没有时间谈恋爱，如果合适，我们就要结婚。”而对于她跟洋人老公的“闪婚”，在她那时看来就是一件在对的时间遇到对的人的简单的事：“就是那一瞬间，觉得结婚是非常自然的事情。”

一位“东方的奥普拉”，用最真诚的心将来宾最真实的一面展现到观众面前。

一个真诚的人，会受到命运之神永远的宠爱。

The Humorous Story

李咏：自信的“另类”主持

之前，在央视众多端庄优雅的主持人中，有那么一个主持人——他小眼睛，头发卷曲而且溜光锃亮，一笑起来脸上堆满了皱纹，让人疑惑他是在哭还是在笑，平常穿的亮色衬衫还压了花边，这在央视传统的主持人中，无疑属于另类的一派，他就是自信又幽默的李咏。

多才多艺的学生时代

伶牙俐齿的李咏，在刚进央视的时候，对于主持人的工作是抗拒的。因为李咏是一个“夭折”的画家、运动员和歌唱家。我们所熟悉的脸上总挂着招牌“6+1”笑脸的李咏，似乎跟这几个身份完全联系不起来，但他确实差点儿就踏上其中一条路。

中学时代的李咏，完全是另外一个模样，他是一个沉默寡言的人。他说自己喜欢一个人待着，平日里看到同学在嘻嘻哈哈的时候，觉得十分无聊，大概是少年早熟，他有着自己需要思考的事情吧。

在生活中，他对艺术最感兴趣，“整天整本地画着素描、速写、水彩画、水粉画，后来还画油画。有时候背着画板整天在街上乱走，觉得挺帅的”。其实，李咏现在还保留着一个标准的“艺术家”形象。

他回忆那时候要考上西安美术学院其实是没有问题的，但启蒙老师对他说：“画画讲究‘血统’，如果没有这个天分，还是把它当成业余爱好的好。”经过深思熟虑之后，李咏认为既然自己欠缺艺术上的天分，那不如把精力投入到另一个兴趣当中——跑步。

他曾经得到过小区里的百米冠军。他觉得自己跑起步来，十分帅气，而且充满着力量。但当李咏全力投入在跑步上时，父母觉得跑步太影响学习，就强制不准他继续练习了。

李咏不是一个钻牛角尖的人，很快地，他那在中学时还是一副尖嗓子的声音，被一个唱美声的音乐老师相中了，并收他为徒，教他唱歌。

接触音乐后的李咏对音乐产生了很大兴趣，可是由于他年纪小不懂得把力用在正确的地方，而且经常对院子里的一棵大树乱吼乱叫，结果他把嗓子弄伤了，两个月完全说不了话。那段时间，他白天说不了话，晚上说梦话，医生只好用封布封住他的嘴巴。

等到治疗结束之后，李咏惊奇地发现，原本的细嗓变成了男中音。也因为这样，他没办法继续他“男高音”的训练，这成了他人生中的一个遗憾。

自信的“另类”主持

由“男高音”变声为“男中音”之后，李咏顺利考上了中国传媒大学的播音系，并在大四第二学期，进入中央电视台实习。由于成绩优秀，他被学校推荐参加央视播音员的面试。

在各个领域都获得过不错成绩的李咏自信满满，成功得到了唯一一个播音员的名额。

在面试中，李咏的表现可以说是直率，也可以说是“不靠谱”。

面试官问他：“3只鸡3天下了3个蛋，请问9只鸡9天下了几个蛋？”

李咏想都没想就说：“反正不是9个！我又不是养鸡的，不知道。”

就是这个“危险”的答案，让面试官觉得他是一个“直率，不装——知道装也没用”的机灵人，于是李咏成功进入了央视工作。

八卦嗜

哈文是李咏的爱妻，又是他的老板——《非常6+1》节目制片人。李咏曾笑言自己的工资由老婆发。

毕业后李咏正式进入央视，但是他却不“专注”在自己的专业上，总是躲着避免做播音，他更愿意当记者和编导。

他不仅做过导演、编辑，而且还撰稿、设计、拍摄、主持。用他自己的话说，他是走了一条逆道。李咏觉得在大学所学的播音专业对自己来说，并没有太大用途，所以在上课的时候他经常跑到电视系的教室里听课，四年他在电视系课程上用的时间比在自己的专业上都多。

在李咏眼里，播音就是读别人的稿子，这是一件没有自己灵魂的事，男人就应该往外闯。

因为好奇，李咏开始主持综艺节目。

第一次登台担任综艺主持人的时候，他说完“观众朋友们大家好”，然后鞠躬，再一抬头，面对耀眼的灯光和众多观众，脑袋一片空白，后来经过剪辑之后播出的节目几乎没有他的镜头。

李咏说：“什么不会，我可以学。”因为这个不服输的性格，他找到了属于自己的进步方法——他知道自己很难一字不差地说台词，所以他主动参与节目的创作，跟导演商量台词，然后转化为自己的话。很快，属于李咏的个人主持风格就出现在了观众面前。

有时候，当人们发现自己的一些特质跟其他人不一样时，就会觉得自己是个“怪人”，并强行改变自己去融入“大众眼光”；有时候，因为不甘心，人们也很难放弃一些原本觉得走不下去的路。

其实，人只有经历过，才能慢慢明白其中的真谛。李咏的人生轨迹，曲折而充满了选择，他坚定地走着自己最想走的路，最终，找到了最适合自己的人生。

鉴宝

1
有请下一位鉴宝人!
2
先生，请问您的宝贝是怎么得来的?
3
一个偶然的机会得到的!
什么偶然机会啊?
4
路边套圈儿套的!

The Humorous Story

郭德纲：主持也像说相声

郭德纲作为一个相声演员、戏剧演员和电视脱口秀主持人，将中国传统的相声艺术跟现代脱口秀的元素互相糅合，在表演风格上不断创新。作为一位“承上启下”的艺术表演者，郭德纲仿佛为传统与现代这两个时代，搭起了一座交流的桥梁。

将相声带进新时代

郭德纲从小就是一个“传统”的小孩，热爱民间艺术，8岁时候拜高庆海为师，学习评书，并正式进入艺坛。后来又先后跟随相声名家常宝丰和侯耀文学习相声表演。热爱表演的他还不断扩大自己在艺术领域上的涉猎，学习了京剧、评剧、河北梆子和评书等剧种，并有在梨园学习的经验。作为一个表演者，他深知要发展艺术就必须不断创新改造，所以在学习不同剧种的同时，他将不同的艺术形式与自己的表演方式进行融合，逐渐形成了“郭德纲式”的表演风格。经过多年的不断钻研练习，在2005年，郭德纲火速成为相声界的领军人物，受到观众们的喜爱。

德云社是郭德纲在1995年创立的相声社团，致力于“以相声回归剧场”，做“真正的相声”。德云社发展到2011年，为了吸引更多年轻一代的观众，他们开始运用话剧和相声混搭的方式，演绎从清朝、民国到新中国成立后的各种风格的相声，给观众耳目一新的感觉。在电视节目主持的领域上，郭德纲凭着《非常了得》和《今夜有戏》获得了《新周刊》的最佳娱乐秀主持人奖。拥有深厚传统文化底蕴的郭德纲，已经成功进入了新时代的表演舞台。

对于中国的艺人来说，进入春晚表演是对其自身演艺事业莫大的肯定。郭德纲在接受采访时表示，他在春晚中的表演是多年来最认真的。除了积极排练，他还对春晚的相声表演进行演前测试，不断调试。他说在这么大型的演出中，演员除了要把握住观众群以及现场气氛，还不能失去自身的表演风格。可见，台上一个成功的节目，在台下演员要下多大功夫。

传统相声多金句

不管表演什么类型的剧目，不管要让人感动还是要逗人发笑，表演者自身的情绪要比观众更深入一个层次，要触动别人的情感，自己的情感就必须足够浓烈。郭德纲的表演很多时候都让人捧腹大笑，但要获得观众的笑声可不是一件容易的事，看似越轻松的表演，对表演者的要求就越高，表演者要在不经意间让观众笑出来，考的就是表演者的功力。

“怎么跟您形容他的长相呢？烤白薯见过吧，刚烤好的，拿在手里太烫，一不小心没拿住，掉地上了。那边呢，跑来个小孩，穿钉子鞋，一脚踩在这块白薯上了。他的脸就跟这块白薯似的。”对于一个人长相的形容，可以编出一个故事来，这就是郭德纲。

“我喜欢吹笛子，我告诉我老婆我死的时候把笛子一块儿和我埋了；我喜欢二胡，我告诉我老婆我死的时候把二胡一块儿和我埋了；而今我又喜欢上了编钟……我老婆说，国家好不容易刨出来，别埋了。”轻松的表演中加入刚出土的编钟的信息，让观众自然而然接收并记在脑子里。很多小朋友或许不知道编钟这回事，通过郭德纲深入浅出的解释，再加上风趣的语言，很多小朋友马上理解了编钟是什么。

传统艺术与现代文明的发展没有实质上的矛盾，但不受到排斥并不代表就可以继续存活下去，新生代陆续开始扛大旗支撑着一个国家的本土文化，而作为基石的传统表演却受到忽视，其实传承与发展一样重要。郭德纲就是一直在这方面努力的表演者。

The Humorous Story

崔永元：说“实话”，很幽默

崔永元深受广大电视观众的欢迎，他主持的《实话实说》，无论是老年人，还是年轻男女，都十分喜爱。他擅长引出话题，激起嘉宾的讲话欲望。他也善于在谈话的时候抖“包袱”，妙语连珠，增加了节目的轻松气氛。他始终面带微笑，说话不温不火，让人开怀一笑。

与姜文“一唱一和”

姜文为了宣传他的电影《让子弹飞》，率领剧组在北京举行宣传仪式。因为姜文和崔永元在私底下的交情十分不错，所以姜文邀请他主持宣传会。崔永元出现在哪里，哪里就会有笑声，而姜文本身也是一个风趣的人，两个人在台上一唱一和，引得台下笑声不断。

一开场，崔永元就毫不客气地说：“大家知道，《让子弹飞》里面的姜文演一个土匪，葛优演一个骗子，而周润发演一个恶霸，大家听出来了吧，都是本色演出。”场下的人全部大笑起来。

姜文的电影，多是文艺片，电影中具有很多抽象的隐喻，大部分的人会表示看不懂。但是姜文这部《让子弹飞》是一部货真价实的商业片，确实让人觉得非常新鲜。不过，崔永元却要“泼冷水”，说：“像我们这样的年轻人，能看懂你的戏吗？”听起来就像挖苦姜文很老。不过“姜还是老的辣”，姜文回敬道：“我们拍的时候，也在想这个问题，假如崔永元能看懂就好办了。假如你能看懂了，还有谁不能看懂？”

不过，玩笑话归玩笑话，崔永元还是力挺好友的。对于票房问题，崔永元拿自己与姜文对比，说道：“姜文没有拍过票房低的电影，我没主持过收视率低的节目。媒体朋友们，明天就用这个做标题吧！”对于好友的力挺，姜文也留下“豪言壮语”说道：“人们说一部片里，有‘优’不‘发’，有‘发’不‘优’，现在我这部片子，要‘优’有‘优’，要‘发’有‘发’，那这个数字，我就不敢想了。”“优”是指葛优，“发”是指“周润发”，姜文风趣地把两个人联系起来，表示自己对电影票房的信心。

崔永元答读者问

崔永元受邀参加第十届全国书市。在会上，他和广大的读者见面，场上的气氛十分热烈。读者们也是十分活跃，提出一些稀奇古怪的问题，等待着崔永元的机智回答。面对这些刁钻古怪的问题，崔永元胸有成竹，应付得也是十分得体，展现了他高智商的幽默。

在提问环节一开始的时候，场上有一位“不知好歹”的年轻人，马上抛出了一个“炸弹”：“崔哥，你主持的《实话实说》，没有以前好看了，这是怎么回事呢？”这个问题真的是很难回答，作为主持人自然不会承认节目的确在走下坡路，但是否认的话，就等于否认节目需要提高的问题。不过，崔哥自是有自己的应对之策。他对年轻人说：“没错，节目是没有过去好看，我们的确有责任，可是主要责任还是在你啊！”此话一出，全场静了下来。观众不过是看戏的，怎么有责任？崔永元笑着问：“小伙子，你结婚了没有？”

“还没呢。”

“哦，那我告诉你，结婚的感觉和恋爱的感觉是不一样的。”这等于比喻了他的节目现在和过去的变化，全场领会后，爆发了一阵阵的笑声。

有一位读初中的胖姑娘，说想要向“崔叔叔”拜师学艺。她说她的学校要举行辩论会了，她是一辩，希望“崔叔叔”教她几招。崔永元便问：“那你们的辩论题目是什么？”

“简单，就是《IQ和EQ哪个更重要》。”

众所周知，IQ说的是智商，EQ是情商。崔永元问：“那你说哪个更重要呢？”

小姑娘似乎被难住了，说道："其实，我也不知道。"

崔哥似乎被小姑娘的憨态可掬给逗乐了，说道："那行，我就告诉你一条锦囊妙计。"

崔永元继续说道："现在书市上不是都有卖IQ和EQ的书嘛，你用实践证明，问问营业员阿姨，到底哪个卖得快，哪个就重要。有了这个'秘密武器'，保你旗开得胜。"小姑娘觉得很有道理，鼓起掌来。

场上还有一位大学生，为了证明自己的语言功夫了得，当场就模仿了舍友的各种方言。大学生一下子模仿了十段带有口音的普通话，他夸张又奇怪的声调，令场上的人开怀大笑，不过没人能听懂他说什么。他问崔永元："你知道我说什么吗？"崔永元也笑了，他一口气问了大学生几个私人问题，其中有你是哪个学校的？哪个专业的？哪个年级的？哪个班的？就连人家的宿舍房号，他也问了。最后大学生警觉地问："你问这些干什么？"崔永元非常严肃地说："等我回北京之后，就会向国家语委报告，说你们学校有一个不说普通话的人，让他们立即派人调查。"场上的人笑得更厉害了，不过大学生就略显不好意思了。

幽默的迷人之处，就是使用的人，能用逆向思维，打破常人的思维，让语言重新有了活力。崔永元深谙于此道，在《实话实说》一期叫"我的左手"中，人们争论用左手的人是不是比用右手的人聪明。其中，一位"左手派"的大妈，背起了刘禹锡的《陋室铭》。身为央视的名嘴，崔永元的反应永远是快人一步的，马上接过话说："大妈说得好，'山不在高，有仙则灵'，手不在左右，好用就行。"对名句进行改造，又是引用在一个"左手派"的身上，此景此情，真让人拍手叫绝。

作为一名主持人，不可或缺的就是幽默感。幽默不但能调动观众的情绪，还能化解尴尬，调整离线了的主题。崔永元的幽默就是如此，他的幽默不仅是一种机智，还有一种挥洒自如的自信。

蹲不下去

医院里来了个女孩，情绪特别低落~
1
2
我总是被人嘲笑长得胖，
感觉生活没有了意义！
生活中难免被人嘲笑，而面对嘲笑，
活出精彩才是给对方最好的回击！
3
蹲下来，给自己一个拥抱！
4
擦干眼泪~~
5
呃，蹲不下去~~
6

The Humorous Story

孟非：光头的牵线“月老”

这个世界上，总是普通群众多，成功人士少。而普通群众看成功人士的第一印象，不可避免会想到“幸运”二字。然而，成功绝非只靠幸运。孟非，一个理着光头、戴着眼镜、看似普通的人，却是南京最受欢迎的主持人。我们应该知道，当今成功的人士，当年也有着低迷的过去。

平民主持的坎坷经历

孟非出生在重庆市一个普通家庭，后随家人迁居南京。读书时期的他，有着良好的语文功底，高考时语文成绩仅次于当时的文科状元。但由于薄弱的理科基础，让他在高考中名落孙山。高考落榜后，孟非来到深圳寻找机会。只有高中学历的孟非，在一次次的面试中都失败了，第一次感到了生活的艰辛。

好不容易找到一份搬运工工作之后，孟非却不甘于永远做这种没有理想可言的工作，于是他义无反顾地坐上了回南京的火车，决定重新开始。对于年轻人来说，特别是刚走入社会的“新鲜人”，在见识到社会的残酷竞争之后，很容易对未来的前途感到迷茫，但只要认清自己的人生目标，在逆境时朝着理想坚定前进，就会找到出口。

孟非回到南京后，找到了一份在印刷厂当小工的工作。这份工作虽然薪水不高，但可以让热爱语文的孟非免费看报。那些日子里，孟非一休息就抓紧时间学习，他在日记里这样写道：“我不能一辈子待在这个地方，想换个好工作，就得有知识。”在之后的日子里，为了生活，孟非还不间断地去打工：送水、拉广告、做保安，甚至还开过一间小超市，但这些吃力不讨好的工作带给他很大的挫败感。

机会总是留给那些有准备的人。这些经历给孟非以后的事业带来了丰富的人生经验，也为他以后成为最受欢迎的主持人奠定了基础。在印刷厂工作之后，孟非对媒体行业有了向往之心。一次，他看到江苏电视台文艺部体育组招聘一名招待员，便去参加应聘。之前的打工经历锻炼了他强壮的身体和吃苦耐劳的精神，他被录用了，成了电视台里的一名临时工。

接待员其实就是端茶倒水，工作一年后，孟非开始困惑：难道我这辈子就只能做端茶倒水的工作吗？孟非继续进修，通过了两年函授班的学习，获得了南京师范大学中文系专科文凭。此时，他的脑袋里萌生了要当一名记者的想法。

人生最可怕的不是暂不得志，而是没有目标。有了目标的孟非，人生的方向也开始明确起来。他利用招待员的身份去熟悉记者的工作流程，并抢着帮一些老记者干扛摄影机的工作，借此学习采访技巧以及熟悉摄影机的操作方法。渐渐地，孟非可以帮老记者去做一些小新闻，积少成多的采访经验，让他成为一名临时记者，开始自己做专题。

终于在1996年，孟非参与拍摄的专题片《飞向亚特兰大》获得二等奖，他也名正言顺地脱掉打杂的身份，正式成为一名记者。

找到自己的人生方向之后，孟非倔强的个性让他决定，要么不做，要么做到最好。之后，他先后换了不同的岗位，对媒体行业进行全面的了解，这些都为他以后的成功奠定了扎实的基础。孟非变成主持人，则是因为他的“一搏”。

2002年江苏电视台为《南京零距离》新闻直播节目选主持人，当时的新闻节目主持人都是俊男美女，孟非的光头形象会被观众所接受吗？但他凭着多年的经验，还有深知百姓心理的条件，凭着“无知者无惧”的精神，孟非以自己独特的主持方式，即兴发挥，用聊天的形式进行幽默、亲切地点评，这个具有个性的主持人马上得到了观众们的支持。最后，他顺利成了新闻直播节目主持人。

月老主持的“孟非现象”

让年轻观众对孟非进一步熟悉起来的，大概就是《非诚勿扰》这个相亲节目了。孟非活泼的主持风格为这种新兴的相亲节目打开了新局面，也为现场来宾创造了一个轻松的氛围。“女人真的有时候让人搞不懂。比如和她说甜言蜜语这件事情，如果你对一个女孩嘴很甜，那个女孩会说，一看这种油嘴滑舌的男人就特别靠不住，很花心；如果你不这样说，那个女孩就会跟你说，哪个女孩不喜欢听男人说点甜言蜜语，你连这点都做不到，我怎么跟你过日子呢？”

相亲给人感觉是一件很现实的事情，聊事业、聊家庭、聊未来，孟非却给这个综艺性质的相亲节目带来了很多欢笑。主持新闻节目时，孟非有丰富的生活经验做基础，而主持相亲节目，孟非却没有过相亲的经验。他觉得，这是一个综艺节目，主持人跟来宾可以一起交流，久而久之自己对感情的观点也很前卫，他觉得这种一见钟情的相亲模式很浪漫。

相亲交友节目的诞生，反映的是当前社会最实在的问题。剩男剩女的增多，催生出了《非诚勿扰》，孟非对于“剩”这个问题的看法跟他本人一样个性十足：“剩男剩女根本就不是一个问题。在哪个年代都会有到了年纪不结婚的人，区别在于主动还是被动。现在的社会进步之处在于主动剩下的多了，有多种选择会比较好。我们的节目并不是一定要押着剩男剩女们走向婚姻，我们希望通过节目让向往爱情的人获得爱情。现在有很多交友方式，短信、网络都行，或者老土一点街上搭讪、鸿雁传书，我们只是提供了一种新的玩法。”

孟非乐观积极的心态也影响着来宾和观众们，他说过：“讲到单亲家庭，人们总以为单亲的孩子缺少爱，但是可能有另一种情况，单亲的孩子可能会得到两个家庭的爱。”看他的节目，获得的不仅是综艺节目的笑点，而更多学习到的是正面的人生观。

约会

The Humorous Story

何炅：大本营里有“活宝”

何炅作为中国常青综艺节目《快乐大本营》的主要主持人之一，已经跟《快乐大本营》成为一个共同体，扎根在观众心里。长着一张娃娃脸的何炅，至今还是年轻人的快乐偶像。他年轻的外貌、深厚的主持功力、极具喜感的个人语言，都是他的魅力之处。

坚守原则的快乐主持人

有人说，何炅是《快乐大本营》的灵魂人物。如果没有了何炅，《快乐大本营》就不再是原本的大本营。

《新周刊》对何炅就有这样的评价：身兼大学教师、娱乐主持、演员与歌手于一身，集一流学识、亲和力、急智、控制力与喜感为一体。

他是湖南卫视十几年来娱乐帝国的见证者，也是“快乐中国”口号最贴切的代言人。

在如今“一年一淘汰”的综艺圈里，竞争激烈，多少节目快速兴起，却又急速引退。在如此高压的竞争环境下，很多制作人为求第一时间吸引观众目光，不惜用“恶搞”来制造噱头。为什么这个节目能走得那么远？因为它讲温情和道义。

何炅坚持“综艺节目收视率不能靠‘恶搞’”。笑点有时候的确需要靠恶作剧才能达到最好的效果，但也因为让人笑了所以让人印象深刻，特别对于小朋友，还没有判断力的他们就会把这些“有趣”的事记住，然后难免在生活中做出类似的恶作剧。所以就算是追求娱乐效果的综艺节目，也一定要健康。

除了对节目的坚持，作为一个艺人，何炅也深知自己的底线：媒体可以爆隐私，但不能编故事。

八卦嗒

1995年3月，何炅曾与刘纯燕主持了中央电视台《大风车》中的《聪明屋》栏目，其角色名字为“大拇哥”。

在娱乐圈打滚多年，何炅的丑闻和绯闻都很少，他也熟知跟媒体的“相处之道”。他认为，作为一个公众人物，被“爆料”也算是工作的一部分，所以一般不会轻易召开记者会来澄清或者宣布什么，只要不影响自己的生活，“保持低调也是一种腔调”。

有一次，何炅父亲发现网上流传一条新闻，说何炅有一个四岁的私生子，这可把父亲给气坏了。何炅对于这近于诽谤的报道表示十分气愤：“我不是一个很洒脱、玩得开的人，作为艺人，我明白承受能力应该强一点儿，所以一般爆隐私我还可以接受，但不能编故事，不能伤害我的家人，不能侮辱人格，这是我的底线。”

现在资讯传播的速度之快，数量之多，有那么一部分不负责任的记者为获得人们的注意，对一些消息不加核实或者断章取义地报道出来，事后再道歉。这是目前娱乐圈的一个乱象。

这不仅伤害了读者对传媒的信任，对艺人的形象也造成很大伤害，并非所有的错误都可以用道歉来解决。何炅的这条底线，也应该是所有传媒业者的底线。

在娱乐圈，何炅的人缘跟他在节目中的表现一样好，除了“死党”谢娜和李湘，很多参加过他节目的艺人后来都跟他成为很好的朋友。何炅不仅受到观众喜爱还受到同行的欢迎，有一个很重要的原因，就是他对于朋友的秘密和私事绝对“守口如瓶”。

何炅是一个绝对合格的艺人，在接受采访的时候，只要记者给出几个关键词，他就可以说出一堆有意思的内容。有记者表示：采访何炅绝对不用担心没内容可写。但如果记者想从他口中问到关于其他明星的秘密或者尚未公开的隐私，则很难得逞，聪明的何炅通常都会巧妙地避过一些敏感话题。

何炅如此“体面”的应对能力，原来是从小就锻炼出来的：“我从小就被教育不能随便嚼舌头。我记得中学有一次，把一个好朋友的秘密说了出去，结果给对方造成了不小的伤害，从那时起，我就告诉自己再也不能那样做。”

“长不大”的机智搭档

尽管何炅已经40岁，谢娜也已经嫁为人妇，可是这两个绝配搭档在《快乐大本营》的表现总是让人感觉他们像两个“长不大的孩子”。

两位在节目里互相斗嘴却又默契十足，成为整档节目的精华所在。一次一位嘉宾问谢娜：“你的脸为什么这么红？”谢娜说：“因为人红。”何炅马上接话：“就因为你身子比较薄，所以是‘薄士’吗？那我站在你后面，我就是博士后了！”

又有一次，何炅问谢娜：“你遇到的事中让你觉得最尴尬的是什么？”谢娜说：“就是在国外啊，好多外国朋友找我签名，说好爱我，我就觉得特别尴尬！”沉默一阵子后，何炅说：“你是觉得我们都不相信才尴尬吧！”

就是这样，《快乐大本营》在这两位斗嘴的欢声笑语中，走过了将近20个年头。

何炅就像一个充满着幽默感的智者，在他身边总能学到点什么，或许是机智的反应能力，或许是冷门的小知识，又或许是做人的小道理。

总而言之，这个长着“娃娃脸”的大男生，在不知不觉中，会带给我们一些意外的收获！

Part 03

怪事真稀奇，幽默就不离

小偷开吊机偷走了古桥；

女人22种性格，男友崩溃至极；

“诺贝尔奖”玩搞笑，我有点儿受不了；

各路“神回复”，让人拍案叫绝。

The Humorous Story

小偷开吊机偷古桥

在物欲横流的今天，我们为了生活整日奔波，苦不堪言。但世界之大，无奇不有。一些稀奇古怪的事情却让我们会心一笑，心情愉悦。在一些盗窃案件中，常常会出现一些奇怪的案件，有些让我们闻所未闻。但看完以后，我们不得不对事件“主角”的“才华”，感到由衷地佩服。

古桥被偷走了

杭州余杭经济开发区乾元社区颜家角村，是一个有着悠久历史的古村。村中有不少老建筑具有历史意义。

一天早上，曙光路派出所民警接到报案，说村里的一座古桥被人偷了。接到报案的民警大为震惊。

一座有着上百年历史的古桥，怎么会被人偷了？谁有这个能耐，能在一夜之间把一座古桥偷走？

这天的早上和平常没有什么不同，陈师傅推着自行车，像往常一样出门买菜，却发现邻居们议论纷纷。

陈师傅停下车子，打听一下，才知道村里的古桥不见了。这让陈师傅觉得不可思议——一座原本横跨在河面20多米的石板桥怎么会不见呢？他踩着单车去看——石板桥的位置上只剩下两座桥墩，桥身不翼而飞了。

惊讶的不只有陈师傅，还有桥边目瞪口呆的村民。

消失不见的颜家角村石板桥，有着百年历史，它见证了余杭乾元一带祖祖辈辈如何在这里繁衍生息。村里无论是老人，还是小孩，都对这座石板桥有着深厚的感情。

陈师傅是一位八旬老人，从小就在石板桥上玩耍。石板桥已经成了这个村的一个标志——没有了石板桥，颜家角村也就不是颜家角村了。

陈师傅记得，当年他的爷爷告诉他，这座石板桥是颜家角村的祖先们捐钱建造起来的，为了方便村民出行。而这座桥有一个非常诗意的名字，叫暮省桥。“暮省桥”三个字就刻在石板桥的桥身中央。

据说，当时的先辈想到，假如人们在傍晚的时候经过这座桥，会细想一下自己一天的得失，进行一番自我反省，这就是石板桥名字的由来。

暮省桥有两墩三孔，长25米，宽2米多。三块长长的石条组成桥下的桥墩，桥面的三块石条拼合在一起，桥面中间刻有一个双龙戏珠的浮雕图案，直径约50厘米。这座桥用料考究，做工非常精致，历经了百年的风吹雨打，依然矗立在两岸边，不能不说是一件精品，是村民心中的一宝。

原来，这座桥是村民和外界沟通的主要路段，村民要想去南边的村镇，是必须走这座桥的。现在村里的交通发达了，但还是有很多村民在炎热的夏天，带着孩子，搬着板凳，在桥板上乘凉，和其他的村民谈笑风生，好不惬意。

可是，就这样一座古桥，在一夜之间，像长了翅膀一样，竟然消失得无影无踪了。

奇趣吧

小偷为了解决饥饱问题，打砸ATM机，但始终没取到钱。走投无路，他向警方求助回家，结果被当场抓获。

小偷很有才

对于村民来说，这可是一件大事，他们可不能没有了全村的镇村之宝。村民商量了两天，认为一定是有小偷用大型吊机，把石板桥给搬走了，于是他们决定去派出所报案。

办案民警认为这件盗窃案真的是匪夷所思。因为石板桥是用石头做的，非常重，那么小偷是怎样把桥拆卸下来运走的，而且又能不惊动到别人？

民警查问了村民，热心的村民提供了很多的线索。

在村南边的村民回忆说，在深夜的时候，整个村都安静了下来，大部分人也都睡了。这时，村南边似乎传来一些重型机械工作的轰隆隆声音，听到声音的村民，仔细辨认了一下，认为是类似吊机一类的器械在运作。

三更半夜听到这样的声音，人们多半是不会觉得奇怪的，因为有些施工团队为了赶工期，会日夜兼程地工作，并发出许多声音，也就没有人把这样的声音放在心上了。

第二天，他们经过石板桥的时候，傻了眼，石板桥已经不见了。

办案民警调集了石板桥附近的监控录像，找到了两辆有着极大嫌疑的货车。这两辆货车拆卸石板桥之后，马上跑去了嘉兴海宁一带。

办案民警马上布下天罗地网，追踪两辆货车。

最终，民警发现货车去了嘉兴桐乡濮院，而且石板桥已经成了一家石材收购行里的展示品。两名作案嫌疑人也被警察抓获。

据说，涉案人员陈某和王某是余杭本地人，他们是无业游民。在一次缺钱花的时候，听说邻村有一座古桥，陈某就联系上一个石材收购商，石材收购商表示如果他们能把桥拆下来，然后运送到石材收购行，就会获得4万元的酬劳。于是，陈某就找来了开吊车的王某，两个人在晚上用70吨的吊车，先把桥吊到一边，然后再拆了下来。

最终，暮省桥又回到了颜家角村。

人工呼吸

The Humorous Story

一个有22种人格的女人

好莱坞有一部经典的惊悚悬疑片《致命ID》，这部片中的主角是一位有着11种人格的连环杀手。心理医生认为他体内只有一种人格有着杀人特征，其他人格并没有参与到现实的命案中。医生希望通过治疗，帮他找到杀人的人格，然后消灭这种人格。因为这些人格互相交替，操控着他的身体。

多重人格

也许很多人认为在现实中，一个人有多种人格是不可能发生的，只是电影中的事情。但事实上，一个人的心智领域实在是太宽阔了，人类对此的研究还只是皮毛而已。一位30多岁的英国女子道恩·泰勒被确诊为人格分裂症。她分裂的人格数竟达到了22个，每一种人格有着各自的声音、性格和行为特征，也就是说这名女子的身体被22种人格操控着。

道恩·泰勒养育着两个可爱的儿子，他们母子三人经常走在街头，一幅其乐融融的景象，看上去和别的家庭没有什么不同。但是事实上，这位母亲能随时变成一名青春叛逆期的少女，或者一名行动不便的老妇人，甚至她还会成为说着外国语言的陌生人。

泰勒身上的22种人格，在年龄跨度上从5岁到60岁，其中几种较为强大的人格是5岁小女孩黛西、在《微电脑世界》上班的60岁玛丽、青春期的爱丽丝、百万富翁道妮女士、普通农场女孩、说德语的德国女人、说唱乐手……

泰勒在采访中，表示自己会有一段时间不知道自己在干什么，去了哪儿或者说过什么话。她说："我觉得我在大部分的时候，似乎是喝醉了。"幸好，道恩·泰勒坚定地认为："对于我来说，不管是哪种人格控制着我的身体，不管是道妮还是玛丽，我还是我，这是不变的事实。但是，最令我恐惧的是，等我清醒了之后，完全不记得自己干了什么。"

泰勒是在她18岁的时候认识了男友迪恩，当时她是一名漂亮的模特儿，两个人很相爱。根据迪恩回忆："我们两个人十分恩爱，后来大儿子出生了。一次我们在路上开车，泰勒突然摇下车窗，大声咒骂着路边的行人。我当时被吓坏了，因为泰勒从来没有如此脾气暴躁的时候。后来，我问她在做什么。她只是一脸无辜地看着我，反问我她做了些什么。她的眼神让我以为，发疯的人是我。她根本不知道自己做了什么事。"

迪恩带着女友去看了心理医生，医生认为她可能患有抽动秽语综合征。这种疾病一般病发于儿童期，但泰勒现在已经是成人，而且泰勒发病后会丧失记忆，说明她患的病比这个要严重。后来，泰勒的病越来越有规律。

迪恩回忆说，刚开始泰勒出现的人格是处于叛逆期的少女爱丽丝，那时候他们刚因为某件事大吵了一架，第二天他找泰勒的时候，泰勒非常生气地说，她不叫泰勒，叫爱丽丝。"她拥有这种人格之后非常讨厌我，喜欢骂我是一无是处的废物，还喜欢给我发一些警告短信，让我下班之后，不要回家，因为她非常恨我。"

"后来更多的人格开始慢慢涌现，在《微电脑世界》上班的玛丽会在凌晨五点钟醒来，说要上班。但是她似乎根本不知道上班的地方在哪里，之后她就回去睡觉了。"

迪恩还说他的女友有时候会变成一个5岁的小女孩黛西。黛西会在地板上不停地画画，有时一画就是几个小时。每当泰勒变成小孩子的时候，她说话的方式和写字模样都是小孩子风格。

最令迪恩觉得奇怪的是，泰勒还有一种德国女人人格。这种人格特征就是满口德语，但是没有人能听懂她讲的是什么。

迪恩为了缓和这些人格的情绪，会在她们出现的时候，和她们讲话。但是心理医生警告说，如果和这些人格对话和互动，她们就会变得越来越强大，也许有一天会占据了主人格。迪恩也认为，有些人格的个性比较强烈，比其他人格更为强大，出现的频率也多，所以他采取的办法就是，一旦这些人格出现了，他就会尽量避免跟这些人格接触。

至于泰勒自己是最烦恼的，因为她的人格行为会给周边的人带来很多麻烦，甚至会给自己、家人和朋友带来潜在的威胁。

生活难以自控

渴望当一名普通母亲的泰勒，唯一欣慰的是，她那么多的人格都爱着她的孩子。这些人格从来没有刻意伤害过她两个儿子。不过，泰勒还是非常担心，因为即使那些人格不想伤害孩子，还是会在某种程度上给孩子造成伤害。“有些事情对于我来说，是非常简单的事，但是对于其他人来说，却并不是这么一回事。”

一次，她骑着自行车，小儿子坐在她的后车座上，她的大儿子自己骑着脚踏车在她的后面跟着她。突然，她的一种小女孩人格出现了，自行车上的她，根本不知道如何保持平衡，一下子摔倒在地。泰勒的小儿子被摔伤了，她的大儿子也被撞伤了。自此之后，泰勒再也不敢骑自行车了。

泰勒现在每隔3个月就要去当地的精神病院接受治疗。医生会给她开一些稳定情绪的药物。但是医生告诉泰勒，目前世界上还没有完善的治疗方法治愈这种病。

欧洲精神创伤和分裂协会前主席雷米·阿奎隆是一位颇具经验的精神病科专家，有着25年的精神分裂治疗和研究经验。他认为：“分裂症的发病率不超过1%，很多被确诊为分裂症的病人，其实不过是误诊，他们可能是压抑症等其他的精神病，而并不是分裂症。”

阿奎隆医生知道泰勒能分裂出22种人格之后，感到非常惊讶，他说：“在我25年从医生涯中，还没有遇到能分裂出22种人格的人，最多的是分裂出12种人格的病人。她需要更好的治疗，至少需要每周一次的治疗。但是单靠英国全民医疗保健服务，恐怕是不够的。”

现在的泰勒和迪恩也非常急于寻找到更好的疗法，因为他们早已经被这种人格分裂病症弄得心力交瘁。

气死我了

The Humorous Story

神奇的事情真是多

大千世界，无奇不有，人类生活的世界充满着神奇。正所谓“路漫漫其修远兮，吾将上下而求索”。人类在探索的过程中，会遇到一些很难用现有科学知识去解释的现象。对于未知的事物，人类一直保持着足够的好奇心，希望有一天能解开这些谜团。古往今来，发生的这些奇人奇事，有些是人们不能解释的谜团，有些是荒诞离奇的怪事。

带电的人

英国普利斯曼夫人是一个会发电的人，巧合的是她丈夫普利斯曼先生就是一位电气技师。

尽管如此，普利斯曼先生也无法阻止他妻子。普利斯曼夫人只要一靠近电器，电器就自动损坏。一旦普利斯曼夫人走近灯泡，灯泡就会爆炸。

根据统计，普利斯曼夫人在没有蓄意的情况下，已经损坏了吸尘器24台、除草机9台、吹风机12台、电饭锅19个、电炉8台、手表5只、洗衣机3台。也许，普利斯曼夫人能发电的唯一好处就是，他们一家人能时不时使用新的电器产品。

科学家们对于普利斯曼夫人身上的现象很感兴趣，他们用尽一切方法去研究人体发电现象，但是至今还没有一个可以被信服的解释。

深山“冬眠”

在很多科幻电影中，人们把一些希望能在未来复活的人冷冻起来，然后利用未来的高超科技，把冰冻中的人唤醒。“冬眠”之后的人，在苏醒之后，和平常人一样，没有什么不同。其实，科学家也在试图找到一种办法，能够让人进入“冬眠”状态。这已经是一个科学研究项目。但是，在现实生活中，竟然有人在自然状态之下，进入了“冬眠”，并且苏醒过来。这为科学家研究人体冬眠提供了一个有力的证据。

2006年10月，一名叫打越三敬的35岁日本男子，约同事一起去日本神户附近的六甲山上露营，并且举行烧烤派对。

日本人在平时的户外活动中多偏好于爬山，但有不少的日本人在爬山的时候，遇到了险境。这一次，打越三敬也遇到了险境。他在下山的时候，不知为何，脱离了原来的队伍，坠入山沟中。等他清醒之后，发现自己的骨盆骨折，他根本没有办法行动。

在等待别人救援的时候，他吃光了身上带的半罐烤肉酱后，就再也没有什么东西了。很快，他陷入了昏迷，这一睡就是22天。

在这段时间里，他完全没有醒过来。后来，救援人员终于找到了他。他们发现打越三敬的体温降低到22℃，几乎没有脉搏，但神奇的是，他竟然没有死。

后来，日本医学界对他进行了研究，认为打越三敬能够存活下来，是因为他进入了一种类似动物的“冬眠”状态，而在这段时间内，他完全没有进食，他的脑部却保持着活动，器官的新陈代谢陷入了停止的状态，这点和动物们的冬眠十分相似。

双胞胎兄弟犯罪

双胞胎犯罪也许是警察最为头痛的。在英国早些年的时候，曾经发生了一对17岁同卵双胞胎犯罪事件。警方认为这对双胞胎和多起汽车盗窃案件有关，但是在询问和现场侦查的时候，警方在找到的罪犯DNA中发现，这两个人都有着相同的基因构造，而双胞胎无论长相还是行为方式，都极为相似。警方无法确定究竟双胞胎中的哪一个实施了犯罪案件。

简梅·艾黎蒙格作为警方的发言人，很无奈地表示："我们的确找到了现场的DNA，但是这对双胞胎有着相同的基因构造，我们很难断定到底谁是真正的罪犯。"

记忆女王

美国有一名40多岁的家庭主妇，她拥有令人难以置信的超级记忆力。她能够记住过往26年来，一切的生活大小事。研究人员把这位女士称为"AJ"。

只要随便问AJ某一天，她就能具体说出那天的天气，自己当时吃了什么晚餐，见过什么人，在做什么，是怎样度过那一天等。

除此之外，AJ还能准确无误地告诉研究人员，影响历史的世界大事件的具体发生日期，甚至具体到几点钟。她甚至能记住哪一天发生了大地震。她说只要她回忆起事情，脑袋就像放电影一样清晰。

科学家对于AJ的超级记忆无法做到一个合理的解释。他们发现她的智商不过是正常人水平，她甚至无法记住长串的数字和字母，但是就是对生活中的事情有着超常的记忆力。

牛肉面

服务员！！
1
先生，请问您需要什么？
2
一碗面20元，怎么才一块牛肉？
3
先生，那您希望有几块呢？
4
怎么也得五六块吧！
5
出来个师傅！把他碗里的肉给我切了！
6

The Humorous Story

搞笑诺贝尔奖来了

美国人发现了一项奖项，俗称“搞笑诺贝尔奖”。马克·亚伯拉罕在1991年创办了这个奖项，还创办了一份叫《不可能的研究记录》的科学杂志，发表在杂志上的研究多数令人觉得十分搞笑，但是深思之后，又会觉得别有一番意义。

真实的“搞笑诺贝尔奖”

搞笑诺贝尔奖颁发的奖项，表面上看不过是科学家的一些搞笑研究成果，实际上，这些研究成果有着非同寻常的意义，能够激发人们的灵感，让人们对科学、医学和技术产生兴趣。

该奖项的得主不会有任何的奖金，也没有诺贝尔奖那样的荣誉，也不可能真的给科学领域带来革命性创新，但是他们的研究成果曾经发表在权威的学术杂志上。

按照每年的传统，在颁奖典礼上，观众要往讲台上抛纸飞机。

有趣的是，典礼结束之后，竟然是由诺贝尔奖的获得者——哈佛大学物理学教授罗伊·格劳伯负责打扫，而且他一扫就是11年。在这期间，他在2005年获得诺贝尔物理学奖。

搞笑版的颁奖为了把幽默进行到底，特意在诺贝尔奖举行的前一周举办。不过，获奖者来到颁奖现场不会由大会赞助奖金，而是自费来，奖品也不过是廉价手工艺品。

最有趣的是，在一个月之内，奖品就会破损。但是，颁奖者全是真正获得诺贝尔奖的人。

搞笑版诺贝尔奖主要颁发的奖项涉及生物、医学、物理、经济、文学等方面，还有一些例如考古、公共卫生等方面的奖项。

2013年度的搞笑诺贝尔奖

这一届的医学奖颁发给了日本帝京大学医学系外科副教授新见正则和他的团队。他们研究的项目是，被移植心脏的老鼠听了歌剧，免疫系统会变好。

一般进行器官移植手术后，身体的免疫系统会对外来器官进行排斥。如果采取一些措施，可以延长移植后的器官存活期。研究人员针对这样的状况，给老鼠移植了心脏，让它听了一个星期的歌剧。

在实验中，研究人员精心为老鼠挑选了《茶花女》和莫扎特的名曲。在实验中发现，老鼠能存活20天以上。

和平奖颁给了白俄罗斯总统亚历山大·卢卡申科。

他能打败众多候选人的原因，就是禁止人们在公共场合鼓掌。遗憾的是，获得此项殊荣的总统没有到场领奖。

2010年的12月，白俄罗斯举行了上百名示威者参加的游行示威，他们抗议大选不公平。此次事件被总统镇压之后，他们又举行了鼓掌抗议，每个星期三，有上百名抗议者走上街头鼓掌。他们不喊口号，不发出愤怒的声音，就是无言地鼓掌。

于是，警察在白俄罗斯第二年的独立庆典上宣布，除非是给老兵致意，否则禁止鼓掌。

生物和天文学奖颁发给了南非金山大学的马库斯·伯恩教授和瑞典隆德大学的玛丽·达克教授。他们研究的项目是屎壳郎在迷路的时候，利用银河进行定位，而不是利用星星辨识方向。

研究人员表示，在银河的星光下，屎壳郎是沿着直线前进，但是在天气不好的时候，它们就会丧失这种能力，只会不停地转圈。

研究人员又在天文馆里进行了实验，发现屎壳郎在模拟的银河下，能走一条直线，而在没有模拟的银河星光下，屎壳郎是不具备这种能力的。

安全工程奖由一位已经过世的发明者获得。

这位发明者发明了一种抓捕劫机者的陷阱。如果在飞机上遇到劫机者，只要引诱劫机者到驾驶舱，并触发装置，驾驶舱会弹开像保护罩一样的屏障。驾驶舱的后部就会成为陷阱，下面出现一个大洞。劫机者就会掉进这个大洞，然后被困在隔离舱里。

不久，隔离舱会从一个窗口弹出降落伞和定位装置，让劫机者能活着回到地面，等待警察的迎接。

物理学奖颁给了意大利科学家阿尔伯托·米内蒂和他的团队。他们研究的项目是江湖上各位武林中人希望获得的技能——水上漂。

他们认为要想实现“水上漂”，首先就要减轻体重。假设人们在重力很小的环境下，例如在重力是地球重力的20%的情况下，运用特定的踩水动作，水面就可以支撑起人体的重量。

为此，他们设计了一系列的实验，最终证明，人在月球的重力环境下，每秒踩水1.7次，就可以在水上“漂”。但是前提是这个人的体重不能超过73千克，否则还是会沉下去。

化学奖颁给了一位日本学者。这位日本学者对人们在切洋葱会流泪的现象感到很有兴趣，于是展开了这方面的研究。

一直以来，人们认为洋葱的催泪因子由酸钠酸酶单独作用产生。日本学者在研究中发现，洋葱中含有一种关键酶，这种酶影响催泪因子产生。

学者发现洋葱的细胞中含有烷基半胱氨酸硫氧化物。这种物质会从切破的洋葱细胞液体中获得和蒜氨酸酶接触的机会，产生化学反应。从这种物质水解成为硫代丙醛-S-氧化物，还生成了丙酮酸和氨。而硫代丙醛-S-氧化物就是令人类流泪的“罪魁祸首”，也就是催泪因子。

因为分解出来的物质本身具有挥发性，刺激着人眼部角膜的神经末梢，人体的神经系统就会发出保护的指令，分泌泪液，冲走刺激物质，保护眼睛。

考古学奖颁发给两位来自纽约州立大学的人类学家。他们可谓是最有科学献身精神的人类学家了，他们为了知道有哪些骨头是无法被胃消化的，于是把一只北方短尾鼩鼱吞掉了。

两位人类学家不仅有科学献身精神，还有很严谨的科学态度。他们把抓来的鼩鼱先剥皮，再清除内脏，为了保证实验的正确性和自身的安全，他们仅仅把鼩鼱煮了两分钟。之后，他们不放任何的调味料，直接把整个鼩鼱吞掉。

接下来，他们开始收集自己的粪便。他们在温水中不停地搅拌粪便，直至粪便完全解体，然后找出鼩鼱残骸。

最后他们发现，除了部分骨骼没有之外，剩下的12根臼齿、一些腿骨、脚骨和所有的趾骨都无法找到，而一共31块的脊椎骨，只找到了一块，甚至连坚硬的颅骨也遭到严重的“毁灭”。

人类学家强调他们根本没有咀嚼，不见的骨头无疑就是被胃给消化掉了。他们设计了这个实验是有一定的意义的，因为这样人们就可以研究人类究竟吃过了什么动物。

奇趣吧

2014年度“搞笑诺贝尔奖”中“营养奖”的研究课题：使用婴儿粪便中的细菌来制作高质量的香肠。

概率学奖颁给了罗伯茨和他的研究团队。他们研究的项目就是，奶牛躺得越久，站起来的可能性就越大。

这可不是一项完全没有意义的研究。研究者认为，通过牛的卧倒和站立，可以判断牛的经期、疾病和居住环境的改变给它们带来的变化。

研究者给73头奶牛的腿装上了传感器，并对这群奶牛进行了生活起居的分析。另外，研究还对6万头牛躺下来的时间进行了收集分析。排除一部分卧倒之后，发现牛躺得越久，在接下来的15分钟站起来的概率就越大。

心理学奖颁给了法国心理学家劳伦·贝格。因为他发现，人们在喝酒之后，会认为自己更有魅力。

在一个偶然机会，劳伦·贝格认为人们会在酒精的作用下更有自信，也更容易去搭讪异性。他认为这非常有趣，于是展开研究。

他挑选了法国的一间非常受欢迎的酒吧，然后挑选出19位自愿参与研究的顾客。他让这19位顾客自我评价自己的魅力值。然后，心理学家对他们进行了酒精含量检测，发现酒精含量越高的人，就越认为自己很有魅力。

劳伦·贝格对此展开更为严谨的调查研究。他和同事们对法国86个男人进行了更为全面的实验。他们要求实验者在实验中，每天喝下相当于6小杯伏特加酒。

其中一组实验者被告知，他们喝下的是含有酒精的薄荷柠檬味饮料；另外一组实验者被告知，喝下的是完全不含酒精，但是含有酒味的饮料；第三组实验者，喝下完全不含酒精的饮料，但被告知喝下的是含有酒精的饮料。“狡猾”的研究人员，在第三组实验者的酒杯上洒上酒，这样实验者就会认为自己喝下了酒。剩下的一组实验者被告知所喝的饮料是不含酒精的。

当这些实验者的酒精开始发挥作用后，研究人员就请实验者在镜头前，为一个虚构的饮料公司拍摄一段小广告。之后，研究人员把他们的饮料广告播放给他们看，然后让他们评价自己的魅力值。

研究结果是，无论是否真的喝过了酒，被告知喝下的是酒精饮料的实验者，都比那些认为自己没有喝酒的人的自我评价要高。

后来，研究者又让22位大学生观看实验者的广告，然后让他们评价实验者的魅力值。结果表明，大学生眼中喝酒者的魅力，与有没有喝酒没有关系。

而那些认为自己喝酒后魅力值就会增加的人，不过是在心理作用下，认为自己更有魅力。

研究者认为，人们会认为喝了酒的自己更具吸引力，是因为人们习惯性地把“酒精”和“魅力”联系在一起。

试衣服

The Humorous Story

让人跪拜的淘宝神回复

现在只要是会上网的人，都会网上购物。因为网上购物的选择空间大，价钱又实惠，让不少宅男宅女节省了金钱和时间。只是在网上购物多了，总是免不了遇到一两件的烦心事，这便涌现出了不少“奇葩”的淘宝商家和顾客。

商品：痔疮膏

差评：货到的时候，我的痔疮已经好了！

卖家解释：多好的疗效，听说你买了我的药，痔疮都吓没了！

商品：时尚挎包

差评：不满意卖家服务。我谅解你工作忙，可是也不用每次跟我说话都那么简单吧！每次不是“嗯”，就是“好”，太不尊重人了，所以给你一个差评。

卖家解释：呸！

商品：进口巧克力

差评：巧克力比预计晚到了3天。拆开看的时候，巧克力都碎了，害我跟男友大吵了一顿。

卖家解释：打是亲，骂是爱，实在不行下脚踹。

商品：树袋抱抱熊

差评：邮寄单上名字写错了。

卖家解释：我的上帝，你这样也能给差评，要不我在这里多写几遍好了：李大三，你满意了吧？

商品：马鞭草

差评：为什么你家的马鞭草和别人家长得不一样？

卖家解释：为什么你和别人长得不一样？

商品：中式淑女唐装

差评：收到货之后，发现了问题。过了这么久，你还是不理我，没有给我回复，只好给你个差评啦！

卖家解释：六月飞霜啊！我生病住院了，刚从医院回来，就看到你的差评了，看来又得住院去了。

商品：野生榛子

差评：卖家不厚道，卖的榛子壳很硬，吃完一斤，我的牙都磨掉了。卖家为了增加重量多收邮费，还往箱里塞一块破铁。

卖家解释：亲，请你再看看那块破铁，是不是中间有个螺丝。亲，请你再看看那中间是不是有条缝，然后沿着这个缝用力分开……我想说的是，这块破铁是送给你夹榛子壳的特制钳子！我的亲哪！

商品：减肥药物

差评：服用之后，体重根本没有减，与网上描述的效果不一致，根本没有说明书上的效果。我服用后心慌、厌食、睡不着。不但没有作用，还令我身体不适，给你个差评！

卖家解释：睁眼说瞎话，你描述的服用效果和副作用完全吻合！

商品：口香糖

差评：晕死了，我买的是口香糖，为什么给我一块白乎乎的东西？而且吃起来甜死了，恶心死我了，根本没有办法吃。我的口香糖呢？

卖家解释：该晕死的是我，白乎乎的东西是我送给你的白巧克力，口香糖就在那些报纸的下面，你该不会是丢了吧？快去垃圾桶找找吧！

商品：珍珠水嫩保湿眼霜

差评：怎样退货？

卖家解释：冤啊！你拍下之后，没有付款，我也没有发货，怎样退货？

商品：多层珍珠项链

中评：我按了好多次的好评，电脑都没有反应，就试试中评可以评价不！

卖家解释：天啊！你电脑有问题就给我一个中评，你还是给你的电脑升级吧！（郁闷中）

商品：512M金士顿内存条

差评：宝贝不错，只是店家除了用"哦"回答我，还能不能回答点别的？

卖家解释：嗯！

商品：蓬蓬裙

差评：裙子很好看，只是我穿上之后，同事都说我像大妈，根本没有图片上的模特好看。

卖家解释：你不是大妈，你是降落凡间的天使，不过在降临地球的时候，你头先着地了，要不你穿乞丐装？

商品：水彩颜料

中评：不错，发货及时，就是态度不够好。

卖家解释：我的天啊！你给的平邮的钱，我给你垫了快递的钱，你还想要我什么态度？难道到你面前，给你端茶送水？

商品：包邮休闲短裤

差评：短裤质量有问题，我穿了3天然后放了一个响屁，裤裆就破了！

卖家解释：谁叫你的屁那么响呢？再说，包邮的短裤，才十几块，一分钱一分货，事实就摆在眼前，你还要说什么？

商品：塑身内衣

差评：商品和描述的一点儿不一样，老公说我看起来比例不对，像怪物。

卖家解释：女人要有主见，不要做一个被男人一手掌控的女人！

商品：木质拼装小屋模型

中评：模型挺漂亮的，和描述也相符，但是店家干吗要送给我一只乌鸦玩具？这不是想让我倒霉吗！真晦气！

卖家解释：我的本意是"爱屋及乌"！唉，看来倒霉的不是你，是我。

商品：外套

中评：衣服和描述的基本相符，只是希望店家以后的态度更加热情一点儿。

卖家解释：你脑袋是不是进水了？我给你的外套是不是破了一个大洞？什么叫基本相符。态度还不够热情？你以为我是巴西来的啊？怎么热情啊？再热情，我就爆炸了。东西都是实物拍摄的！我不卖你了，你给我退货，我退钱。

商品：鞋子

好评：鞋子非常漂亮！卖家非常非常笨！

卖家解释：呜呜呜……我从来不觉得我笨啊，怎么这样说我呢，好伤心啊！

商品：沐浴露

好评：哥哥你包得好结实啊！害我拆了半天！

卖家解释：我不包结实点儿怎么对得住妹妹呢！要不然该说我太省了！

商品：DVD影集

好评：就4块钱的东西，我选的是平邮，掌柜竟然倒贴5块给我邮的快递，还亲自打长途来问我。这是什么精神？这是Communist（共产主义）精神啊！

卖家解释：我实在没有时间去邮局，汗！

商品：戒指

差评：没做出任何解释。

卖家解释：买家右手指活动不便，故将好评给成差评。祝早日康复。

除了商品的评价会引来一堆神回复之外，商家和买家之间的对话，也会由于只靠即时通信的沟通原因，产生很多的笑话。真是不怕神一样的敌手，就怕猪一样的买家，下面就是网上购物神对话汇集：

商品：手机

买家：老板，还有巧克力卖吗？

卖家：有有有，我们这里有德芙、金帝。

买家：我是说手机！

卖家：对哦，你这么一说，我才想起，我们这里是卖手机的。

商品：手机

买家：亲啊，我不知道怎样分辨原装电池和组装电池，请问你能给我说说看吗？

卖家：容易，你把两个电池扔到火里，听听哪个电池的爆炸声大，最响的那个就是原装的。

欣赏音乐

1
大清新和女友一起欣赏音乐～～
2
莫扎特的音乐就是棒！
3
你不懂了吧！
这是贝多芬的交响乐！
4
感谢大家收听
东北二人转！

商品：手机

买家：手机都要这么贵，还不如买个笔记本电脑。

卖家：亲，这么说也对哦，你想想你在人群中，把笔记本翻开后，然后把耳朵贴在屏幕听，这一连串的动作一定十分酷。

商品：手机

买家：有人吗？

卖家：对不起，我们只卖手机！

商品：手机

买家：掌柜，这种手机的通话效果好吗？

卖家：亲，请你放心哦，三星的手机，质量很好的。

买家：可是，我已经换了好几部手机了，都是听不清楚别人在讲什么。你有什么推荐我买吗？

卖家：哦，助听器。

Part 04

推理真与否，幽默跟着走

坏蛋这么狡猾，让警察情何以堪；

案中案，让我思维有点儿乱；

荒唐的计划，换来的是搞笑的结局；

想玩转别人，自己却成了替罪羔羊。

The Humorous Story

那些狡猾的“坏家伙”

很多问题，不是我们想到与看到的那么简单，需要我们去思考。很多摆在我们眼前的事情可能有其他的隐情，而我们所掌握的东西也许对我们没有用处，这时候我们就要去发现其真实答案。

“真实”的抢劫案

这天夜里，福尔摩斯正在休息，突然接到了电话。从电话里简单的信息中，福尔摩斯了解到，在一个有钱人家里发生了一起抢劫案，需要他去解决一下。

福尔摩斯立即起身，随后赶到了案发现场。人们看到福尔摩斯的到来都松了一口气。福尔摩斯对家里的主人表示，要查看一下案发现场，以便确认信息。得到允许后，福尔摩斯来到了书房。

书房在楼房的二层，福尔摩斯进去后发现房间内的两扇落地窗开着。屋子正中央摆放着书桌，桌子上还摆着两支半截的蜡烛。福尔摩斯又向四周看了看，发现好多文件从桌子上散落下来，从现场状况上判定，这里似乎发生过争斗。此外，福尔摩斯还看到了一小段绳子。

福尔摩斯看完现场后，找到险些被绑架的人，询问详细的情况。

“先生，您能否为我详细描述一下当时的情况呢？”

“好的。”那个人开始回忆，“昨夜，因为屋子内突然没有了电，正在看文件的我就用蜡烛照明，本想好好研究文件上的内容。但是，谁知道大风突然将门吹开了。我觉得冷就将门关上了。我一转身看见一个人从窗户外面往房间里爬。他动作很灵敏，我还没有逃走就被他抓住了。他将我打倒在地，不仅用绳子捆住我的手脚，还用东西堵住我的嘴。我看到他要抢我的手稿，想要大声呼救却没有办法，只能眼看着他从窗户离开了。之后，我费了很大的力气挣开了绳子，然后报了警。”

福尔摩斯听完他这段话，又看了看四周，突然笑着说：“先生你确定是这样吗？”

那人非常肯定地回答。

福尔摩斯又问：“昨天您是点的蜡烛吗？”

那人肯定地点点头。福尔摩斯笑了，然后找了个地方坐下，说：“先生您这是在给我出难题吗？”

那人回答：“福尔摩斯先生，我不懂你的意思。”

福尔摩斯回答：“先生，我敢担保这里昨天晚上根本没有发生过抢劫案。”

他没有等那人回答便接着说：“先生，我为您分析一下吧。粗略一看，这个书房的确就像个抢劫案现场。可以说，先生你伪造现场的手段非常高明。不过，你却没有注重细节。这个细节让本来十分显而易见的事情显得有隐情，这个隐情就是我们揭开谜底的关键所在。”

那人看到福尔摩斯这样胸有成竹，便说：“你告诉我有什么隐情？我为什么没有发现隐情？”

福尔摩斯大笑道：“您说昨晚有风，现在落地窗又开着，显然屋子内一直有风吹进来。那么，先生你能告诉我你用的是什么蜡烛吗？可以在风中继续燃烧？桌子上的蜡液就可以说明问题。”

那人一时语塞，不知道该说什么好。

福尔摩斯大笑道：“先生，下次布置现场一定要更小心才好，不要出现这种‘顶着风蜡烛还能燃烧’的小问题。”

都是钱的错

这天，一家银行中突然冲进来两个歹徒。这两个人全身武装，命令所有人都必须听从他们的命令，不然结局就会很惨。

其中一名歹徒将人们集中到一个地方，留下另外一名人员负责看守，然后这名歹徒开始将大量现金装起来，然后和他的同伴一起跳上一辆车扬长而去。

一位银行工作人员立即记下了车子的车牌号码，随后向警察局报了案。

没过多长时间，侦探杰克和警察都赶到了现场。他们从被挟持的员工那里尽可能地搜集歹徒的资料，并且得到了那辆车的车牌号码、车型、颜色。

急转弯

问：某地火灾，有很多人在救火，但就是没人报火警，奇怪吧？

答：因为是消防队着火了。

之后，杰克和警察们开始研究案情，这时突然一名警察喊叫起来：“快看，就是那辆车，和笔录里说的一模一样，车型、颜色以及车牌号码都正确。”

这名警察所指的这辆车正大摇大摆地从警车旁边路过，警察们立即上去将车子拦下来。开着车的人是一名男子，名叫泰罗森。他不满地看着警察们，声称自己是合法公民。

随后，杰克对这名男子进行了审问。

“先生你好，请问案发当时你在哪里，是不是有人可以证明。”杰克对着泰罗森发问。

“大侦探，你可不要随便诬陷人。我今天一直在离这儿两千米远的咖啡馆里休息，里面的工作人员都可以为我做证。而且，我出来的时候还因为违反交通规则被罚款，那个警察也可以做证。”

经过核实后，杰克以及这名男子说的话的确属实，他有充分的不在场证明。但是，他那辆车太让人怀疑了。警方对银行的损失进行了统计，发现那家银行损失了一批新钞。

几天后，另外一家银行也遭到了抢劫。非常巧合的是，那名男子开着同一辆车出现。而且这名男子好像没看到停车牌，一直无所顾忌地向前开去。

警察拦下了男子：“先生，这里是要停车的！你违反了交通规则，罚款！”

这名男子一边掏出纸币一边诚恳地道歉：“好的，下次我一定会注意的。”

这名男子交过钱后便开车走了。

过了三天，这名叫泰罗森的男子被警方逮捕。对此，他大吵大闹。

“警察先生，你们这是在无视人权，我是合法公民！”

对此，警察回答道：“先生，请你安静些，我们怀疑你同最近发生的两次抢劫案有关联。”

泰罗森回答：“不可能，我有不在场的证明。很多人都可以证明我当时并不在现场。”

杰克听完这一番话后笑了：“这不代表你同这两次案件没有关系。这两次抢劫案都是你策划的，然后让你两个朋友来执行。你们所乘坐的车子是一样的，一辆来抢劫银行，另外一辆扰乱警察的注意力，我说得没有错吧？”

泰罗森听完杰克的推理后，恶狠狠地说：“你怎么会知道是我策划的？”

杰克回答：“那是因为你被出卖了。”

泰罗森不可思议地喊道：“不可能，我被谁出卖了，他们不会出卖我的！”

杰克笑着说：“是钱，你被钱出卖了。你前两天交的罚款是你抢的上一个银行的新币，所以我们就找到你了。”

看到泰罗森一脸惊讶，杰克说：“最终还是钱的错，它将你直接交给了警方。这是一个小却又致命的错误！”

有时候，越是明显、越是无法推倒的理论或者事实，也越有不合理的地方。那些巧合以及确凿的证据恰恰应该是人们要怀疑的地方，只要找出隐藏在背后的关联点，那么任何问题都可以解决。

The Humorous Story

眼见的，往往不为实

说话是一项技巧，不同的人说同一个意思的话，却有不同的效果。有些话，并非是我们理解的字面意思。同理，事情也一样。很多的事情都是迷离的，需要仔细分析。当然，我们也能从说话中得知事情的真相。

听到的并非真实

莉莉和薇薇安同在一家公司上班，但是两个人却是完全不同的类型。薇薇安家境很好，人又漂亮，虽然才能一般但是交际能力非常强。所以，即便薇薇安没有为公司做出多大贡献，在公司依然很受上司们喜爱。

而莉莉则不同，虽然莉莉才能显著，但是她很少参加公司内部的活动，一下班就立即回家。所以，即便莉莉在公司拥有很好的业绩，而且很多事务和问题也必须莉莉处理，但是莉莉在公司并不受欢迎。

一天，莉莉的妈妈突然生重病，需要大量的金钱才能治疗。

莉莉拿出了她所有的积蓄，但依旧杯水车薪。正当莉莉一筹莫展的时候，公司正逢职位调动——不得不说，这次对莉莉而言是一个机会。

在莉莉和薇薇安之间选择一个人担任部门经理，让领导们犹豫不决。两个人各有自己的优点，都很符合部门经理的要求。

莉莉和薇薇安得知这个消息后，两个本来没有什么交集的人，就这样碰面了。

“莉莉，我想我们应该谈谈。”薇薇安先发制人。

面对薇薇安的挑战以及自己家庭的压力，莉莉决定要争取下这个部门经理。于是，她同意和薇薇安私下谈判一回。

“莉莉，我觉得你应该知难而退。”薇薇安说。

“对不起，薇薇安，我目前还没有发现有什么困难而言。”莉莉平静地说道。

薇薇安看到莉莉态度很坚决，脸色顿时有些难看。

于是两个人不欢而散。

对于莉莉和薇薇安谁做部门经理，公司决定让她们来一次公平的竞争——对一个项目做具体解说。

对于两个人而言，项目的题目相同，那么谁更优秀些，谁的胜算就更大些。不过，这对莉莉而言不是难事，公司的项目解说词都是由她负责，因此她的优势更大一些。

很快，比赛的日子到了。莉莉为比赛精心准备了好几天，仔细研究了项目章程，做出了一份完美的项目报告。但是很不幸，报告在比赛前一天突然丢失了。

莉莉怎么也想不起来自己的报告丢在了哪里。还好，莉莉电脑里有备份，这让她惊慌的心总算有些平静。

比赛当天，薇薇安一如既往活泼，她选择第一个出场。当莉莉听完薇薇安的报告后，莉莉心如死灰——没错，她们的报告内容几乎完全一致。

她立即明白自己的报告为什么会不见了。但是没有想到薇薇安会这样大胆，可是目前她也没有办法再变换自己的报告内容了。

等到莉莉上台时，她对台下所有考官说：“我记得有人说过，世界上没有完全相同的两片树叶。不过，看来要推翻这个理论了。因为，我要带给大家的东西跟上一位竞争者的完全相同。”

急转弯

问：两帅哥因何为了一位长相如恐龙般的女子互不相让，大打出手？

答：因为打输的人要娶她。

听到这时，坐在评审席上的人先是惊讶，接着小声议论起来。

莉莉又说："我知道我不善于交际，不过，还是请各位听一下。我尽我所能，同时也很欣慰薇薇安的想法与我的想法完全一致。"

之后，莉莉几乎没有看着手中的资料，便将薇薇安讲的内容重申了一遍。在座的高层领导不停地在薇薇安和莉莉之间巡视，这其中肯定有一份是抄袭而来的。

莉莉说完便下台去了，看到薇薇安冲她挑眉毛。

过了几分钟后，经理上台讲话："我们要选出一名部门经理。"

接着，经理对薇薇安的表现以及其平时在公司里做出的贡献进行表扬，很明显似乎是薇薇安胜出了。

不过，等经理宣布结果时大家都吃了一惊。

莉莉居然胜出！经理说："薇薇安，下次不要做复读机，你更适合做扬声器，有些东西是复制不来的。"

说谎的保安

这天，正在值班的杰克接到报案，电话中的人声称他所在的工厂发生了盗窃案。杰克向那个人询问了详细信息后就急忙赶到了事发现场。

报案人是这个工厂的保安，他向杰克说工厂损失了10万块现金。

杰克听完后便问道："请问，那10万块现金放在哪里了？"

这个保安回答："放在工厂财务办公室的一个保险箱里。"

杰克点点头，便说道："好，我知道了，你现在带我去看看案发现场。"

保安点点头，便带领杰克来到了事发现场。杰克在财务办公室巡视了一圈，只见屋子的窗户坏掉了，地上全是玻璃的碎渣。由现场情况判断，盗贼似乎是打破窗户后进入这里偷窃的。

杰克向身边的保安问道："你是什么时候发现现金被盗的？"

保安回答："今天早晨我巡查的时候发现的。"

杰克继续发问："那昨天工厂内有没有什么异常的情况呢？是不是有什么可疑的人出现？"

那个报案的保安回答："昨天是我值班，我晚上12点的时候还曾巡视了各个房间，当时屋子的门窗都是完好的。而且，我并没有看到什么可疑的人。我想盗贼一定是晚上12点以后作案的。"

杰克立马问道："你确定吗？"

保安回答："是的，警官，我在12点巡查的时候还将屋子的窗帘都拉上了。我确定晚上12点的时候一切都非常正常。"

然而，杰克指着一地的玻璃碴问道："地上有这么多碎玻璃，可见盗贼在敲窗户的时候用了很大的力气。当时，你没有听到什么动静吗？"

这个保安摇摇头说："没有。离工厂不远处有一条铁路，时常有火车经过，我想盗贼可能是趁着火车经过时将玻璃敲碎的。"

杰克冷笑道："我知道小偷是谁了。"

保安非常惊讶，他问杰克："是吗？那到底是谁偷走了这10万块呢？"

杰克回答："我觉得你还是不要狡辩了，小偷就是你。"杰克说完指向这个报案的保安。

保安立即摇头辩解："不是我，警官你不能随便诬陷别人！你没有证据证明我就是小偷！"

杰克笑着说："证据就是你的话。午夜12点你巡查的时候一切正常对吗？你还将屋内的窗帘都拉上了，是吗？"

保安回答："是这样的。"

杰克说道："既然窗帘是拉上的，那么小偷在敲碎玻璃时，玻璃碎碴就会被窗帘挡住，那么地上也就不会出现这么多碎碴，因此，你在说谎。"

保安听到这一番话后，目瞪口呆，最后只好乖乖认罪。

谁才是凶手

一个冬季的夜里，雪下得很大，一个单身的女孩在自己的房间被人杀害了。报案的人是一个年轻人。

接到报案的杰克立即带领人到达了案发现场。经过法医鉴定，女孩的死亡时间大约在晚上8点左右。

而后，杰克和其他警员立即对现场进行了探查，他们发现房间内非常温暖，瓦斯炉内的火非常旺盛，屋子内亮着灯，窗户是关着的，但是窗帘却拉开了一半。

杰克向这个年轻人问道："你是怎么发现这里发生了凶杀案的？"

这个年轻人回答道："我只是偶然路过这里，然后看到了一个男子杀死了屋子内的人。"

杰克接着问道："那凶手什么样子，你还记得吗？"

年轻人回答："那个男子留着金色的头发，戴着眼镜，而且留着胡子。"

杰克听完这番话后继续问这个人："你确定你看清楚了吗？"

年轻人回答："是的，当时我距离这个窗户也不过几十米远，而且窗帘是半拉开，窗户也是透明的，我看得非常清楚。"

杰克冷笑着说："年轻人，我看你还是认罪比较好！"杰克的话震惊了在场的人。

年轻人立即反驳道："你为什么认为我是杀人犯？有什么证据？"

杰克回答："因为你的谎言并不高明。当时，天下着大雪，可见外面温度非常低。而这个屋子里非常暖和，瓦斯炉烧得很热，所以屋内窗户上应该结了一层白霜才对，你隔着窗户怎么可能看清楚他的样貌甚至还能看到凶手是否留着胡须呢？唯一的解释就是你才是凶手。作案后你将窗帘拉开一半，然后逃走报案，提供伪证以此来为自己开脱罪名。"

年轻人听完后张了张嘴没有再继续反驳，乖乖认罪了。

只要是谎言，就一定会与现实相违背。只要我们认真去听，去分析，就可以发现哪些是谎言，哪些是真话。

勤俭节约

The Humorous Story

用“剥葱”的方法破案子

面对很多事情，我们当时可能理不出其中的头绪，也找不到相关的证据。但是，不代表我们一直无法解开谜题。面对任何问题，我们可以将其分成几个层面，一层一层地分析，慢慢去看那些隐藏在背后的东西。就像“剥洋葱”一样。

都是雨的错

这段时间，博物馆正在展出一件精美的传世玉器。玉器良好的玉质和鬼斧天工的雕刻技巧吸引了很多人来博物馆参观。当然，这样精美的玉器还会吸引盗贼。

这天，博物馆即将关门，这时一个盗贼趁机溜了进去。他的目的就是那件精美的玉器。

这个盗贼带着一把雨伞、一个包和一个相机，四处观看，见没有人注意自己便躲到了楼梯下面，并成功留在了博物馆。

博物馆的工作人员清场完毕后也离开了，这时候博物馆空无一人，除了那个溜进来的盗贼。

只见他从包中拿出工具——它们能够让他轻易地打开锁。之后，他把和这件玉器一模一样的赝品拿出来。

天色黑下来后，突然下了一场雨。盗贼更是借着风雨声，在博物馆内大肆所为，然后让一切好像从没有发生过一样。之后，这个盗贼又轻手轻脚地回到了原来藏身的地方。

第二天，等人多了之后，那个盗贼便从藏身的地方悄悄地走了出来，看见很多游客围在玉器展览台前，对玉器赞不绝口。

看到这一幕，盗贼心里窃喜——看来没有人发现玉器是假的，自己的计划非常顺利。

于是，心满意足的盗贼打开伞向博物馆外走去，没想到却碰到了也来参观玉器的杰克侦探。杰克看了这个人几眼，随即伸手将他拦下。

盗贼不明所以地看着杰克。

“昨晚，你为什么躲在博物馆？”杰克问道。

与杰克一起同行的人感到莫名其妙，便询问杰克发生了什么事。杰克没有理身边的人，只是紧紧抓住这个盗贼，不断地逼问。

盗贼被杰克的气势吓到了，言语不清地解释：“我……我没有！我没有在博物馆！”

杰克见盗贼不说真话，便扭头对身边人说：“这个人昨天肯定躲在博物馆里，一定没有安什么好心，你去通知馆长，看是不是丢了什么东西。”

盗贼紧张得冷汗都出来了。

“我只是一个普通的游客，真的！”盗贼还试图狡辩。

但是杰克还是坚持将他带进了警局。

对此，盗贼发出抗议，说杰克这是非法行为。

没有待多长时间，被杰克派去通知馆长的人就来了，他一脸惊讶地说：“还真丢了东西。”

“哦，是什么？”杰克问道。

“是那件正在被展出的玉器。”那个人答道。

盗贼一听，顿时没有了言语。杰克看着盗贼笑了。

“快点儿把玉器交出来。”

盗贼一听顿时吓得直哆嗦。

同行的人问杰克：“你怎么知道他是盗贼？”盗贼听到这个问题也抬起头看着杰克。

杰克笑着说：“看他的伞啊。天下着雨，去博物馆的人手里拿着的是淋湿的伞，唯独他的伞是干的。要么他是鬼，要么他就是在博物馆没有出来，很显然是后者。”

盗贼听后大哭：“都是雨的错。”

同行的人听了也跟着杰克笑了起来。

“不过，我一开始没有怀疑他是小偷。我只是猜到他可能一夜都留在博物馆，不是被误锁，就是他别有用心。当时我问他话时他解释不清，我就断定他肯定有问题，做贼的都心虚。”

正是因为杰克的细心，才避免了玉器被坏人偷盗。

谁是凶手

一家豪华宾馆发生了一起杀人案，死者是一名资深总经理，他所任职的单位在国际上非常有名。

这起凶杀案发生后，杰克接到通知便跟随警察去现场寻找线索。

杰克到达案发现场后，发现这名经理所住的地方非常豪华，不仅墙壁上挂着各地的名画，就连地板上也铺着昂贵的羊毛毯。根据报案人员称，总经理被杀之前，她正好在和总经理通电话。

对此，杰克向这位报案人询问了其中的详细过程。

报案人是个女士，在这位死去的总经理身边担任秘书一职。杰克看了看案发现场，便开始对这位女士提出问题。

“女士，你能描述一下当时案发的场景吗？越细致越好。”

她点点头说：“当时，我在街上一边走一边用手机和总经理讲话，后来我听到电话那边传来了枪声，就急忙询问总经理情况。但是我只听见总经理痛苦的嘶喊声以及凶手匆忙离去时的脚步声。我立即发觉总经理有危险，便报警了。”

杰克听完女秘书的话，冷笑着说：“你确定你听到了你所说的那些声音？”

那名女士非常确定地点了点头。杰克转身对身边的警察说：“你们可以将这名凶手带走了！”

现场所有人都惊讶地看着杰克。

那名女士顿时提高声音质问："你凭什么说我是凶手？"

杰克回答："女士，你真的不是很会说谎话。"他指挥几个警察在羊毛毯上蹦了两下。

接着杰克问道："你有听到声音吗？警察在这里用力跳都听不到声音，你说你在电话里听到凶手逃走时的声音，那杀死总经理的必须是巨人了！"

女士看到这一切，脸色吓得发白，然后非常配合地将她如何谋杀总经理的事情交代给了警察。

同行的人都笑着说："的确是这样，这么厚的羊毛毯，如果不是巨人的话，一般人还真弄不出声音呢！"

急转弯

问：换心手术失败后，医生问病人有什么遗言，你猜他会说什么？

答：其实你不懂我的心。

谁是偷车贼

今天天气不错，没有接到报案的杰克准备和好友去公园骑车锻炼身体。

在半路上，杰克突然觉得肚子疼，好友本想送杰克去医院，但是杰克只想去厕所。

无奈之下，杰克的好友就送杰克去了最近的一间公厕，而他又去了附近的医院为杰克买了一些应急的药。

杰克在去公共厕所前，为了防止自己的车子丢掉，便在车轮前加了一把锁。但是，当杰克的朋友回来时，却看到杰克在原地发呆。

"杰克？你怎么了？还不舒服吗？"

杰克摇摇头说："没事，我只是在想我自行车怎么不见了呢？被谁偷走了？"

"你之前没有锁住吗？"

"正因为我将车子锁上了，所以才觉得奇怪，谁能将车子偷走呢？"

杰克和他的朋友向四周看了看，这里孩子很多，有些在放风筝，有些在滑旱冰，有些则在打羽毛球。

杰克对朋友说："这应该是孩子们做的，但是孩子们是怎么办到的呢？真是有些乱，我可是将车子锁住的，这样推着都很费力气，孩子们是如何做到的呢？”

这个问题，杰克的朋友也想不出来。两个人也不骑单车了，一起并排看那边的孩子玩耍。

“哈哈，应该是这样！我知道了！”杰克突然出声，吓了朋友一跳。

“杰克，你知道什么了？孩子们的恶作剧吗？”

杰克看着他的朋友笑着点头。

“那你快说说，孩子们到底是怎么办到的？”

杰克笑着说：“还真是一群滑头的小鬼。这样危险的事情也敢做！你看看那边！”杰克指着穿着旱冰鞋滑旱冰的孩子们。

杰克的朋友不明所以地看了看孩子，又看了看杰克。

“这群孩子是利用旱冰鞋将我的车子弄走的。这真是一群大胆的小鬼。他们先将旱冰鞋绑在车子的前轮子上，这样上锁的前轮可以依靠旱冰鞋在地上移动。这么危险的事情也敢做！哈哈哈！”

杰克想到这一点，一个人在那里笑。过后杰克的朋友才明白过来杰克所说的到底是什么时，也忍不住笑了。

日子没法过了

The Humorous Story

小线索成了大关键

福尔摩斯的厉害之处在于，他可以从鞋子上的泥巴看出犯人去过哪里，也可以从残留的烟灰屑推理出犯人即将做什么。能够看到别人看不到的东西，才能做别人做不到的事情。成功的秘诀，往往都是让人意想不到的。有时候，小线索才是整个问题的大关键。

"米勒"非米勒

一天，汤姆将画送到唐先生家里时，竟然发现门半敞开着，于是汤姆没有按铃就走了进去。

走到大厅，他听到房间里传来了虚弱的呼救声。汤姆跑进去一看，一个警察受伤倒在了地上，心脏的位置插着一把尖刀，他非常虚弱，口中好像在说着什么。汤姆四处查看，却发现唐先生不见踪影。

汤姆再一看警察，他已经快不行了，于是马上走过去，看这个警察到底想告诉自己什么。

这个警察用最后一口气说："秘密……通道……逃……走了…… 床底……下…… 开关……米……勒……"说完，警察就断气了。

汤姆知道现在最重要的就是找到凶手，而那个通道就是关键。于是汤姆在床底下找到了一块类似通道入口的门板，敲一下，里面是空的。汤姆用尽全身的力气想要把门板打开，可都是徒劳无功。

"看来我要找到开关。可是，那警察说，开关……米勒……"

汤姆认为，这个警察在提示自己有关开关的信息。

之后，他看到了房间里钢琴后面那幅米勒的《播种者》作品，是自己上次送过来的。汤姆重新检查了一下那幅画，跟送来的时候一样，没有什么特别的地方。于是他决定把画从墙上拿下来。

可是，墙上也没什么特别的按钮。看着雪白的墙壁，汤姆左瞧瞧右瞧瞧也没有找到开关。

当汤姆困惑不已地扯着自己头发的时候，手肘不小心碰到了钢琴的琴键，汤姆吓了一跳。就是这一下钢琴声，使汤姆忽然想到了警察所说的“米勒”。

也许另有其意，它或许是指钢琴上的音节！抱着试试心理的汤姆按下琴键，果然，通道的门打开了。

之后，汤姆立即打电话报案。支援的警察来到之后，从秘密通道很快就抓到了凶手。

玻璃的两面

滑铁卢战争失败之后，拿破仑被软禁在大西洋南部的圣赫勒拿岛上，桑梯尼是他唯一的仆人。

随着年龄的增长，拿破仑希望有个家庭医生，于是他派了仆人桑梯尼去找罗埃长官，传达这个愿望。

罗埃长官要去岛上，路程不远，来回只要3个小时。可是桑梯尼去了一个上午都没有回来。

拿破仑在困惑之际时，来了一位年轻的长官，他对拿破仑说：“因为你的仆人桑梯尼被怀疑偷窃，已经被逮捕了，请你跟我走一趟。”

拿破仑赶到了长官部，罗埃告诉了他事情的经过：“桑梯尼来找我的时候，我刚好在处理岛民交过来的金币，我的秘书就叫他在左边的房间坐着等我。我将金币锁到抽屉里之后，随手将钥匙放在桌上，去了洗手间。

“当我发现这个疏忽之后，马上赶了回来，中间只隔了两三分钟而已。

“我把金币重新数了一遍，发现少了10个。在我离开的两三分钟里，桑梯尼就坐在旁边的房间里，而且钥匙就放在桌上，所以他是最大嫌疑人。”

拿破仑观察了一下房间，说："桑梯尼坐在旁边的房间里，根本就看不到你把金币锁在抽屉里，也不会看到桌上的钥匙。"

"他一定是透过毛玻璃看到这些的。"罗埃长官说。

拿破仑走到桑梯尼房间那边，从毛玻璃看了过来，发现只能隐约看到近处的东西，远一点儿的就看不到了。

急转弯

问：一个离过多次婚的女人，应该怎么形容她？（打一成语）

答：前"公"（功）尽弃。

之后，他又从另一边观察毛玻璃，原来这扇玻璃门只有一边是不光滑的：左边房门的毛玻璃那面是光滑的，而右边房门的毛玻璃那面是不光滑的。而右边房间坐的是秘书先生。拿破仑思考了一会儿就知道小偷是谁了。

拿破仑对罗埃长官说："我想，你寻找的疑犯应该是你的秘书先生。"罗埃长官回答："你为什么这么说？"

为了回答罗埃长官的问题，拿破仑从杯子里倒了点儿水在左边房间玻璃门不光滑的一面，透过玻璃门什么都看不到；然后又到右边房间光滑的玻璃门那面倒上一点儿水，居然可以清楚地看到长官房间。

原来，只要在毛玻璃不光滑的那一面上加点水，水就可以填满玻璃上细小的凹凸，毛玻璃就变成透明的玻璃了。

秘书先生就是利用毛玻璃这个特性，经常偷看长官房间发生的事，这次更是出手偷了金币。

小线索，大关键，看来做大事的人更有小细心呢！

浇水的嫌疑犯

夏季的中午是一天最为炎热的时刻。这天，福尔摩斯在中午的时候来到广场，等待和自己约定的朋友见面。天气虽然炎热，但是广场上人比较多，非常热闹。

这时，广场上突然响起一声尖叫，接着就听见一个女生大喊："抢劫了！"

福尔摩斯听到后立即赶往事发现场，但是那个女生的包已经被抢走了，而抢劫犯混入了人群，一时间找不到他的身影。

附近其他的警察听到声音也赶了过来，但是因为广场人群有些密集，他们谁都没有看到抢劫犯的身影。

福尔摩斯让大家四处查看一番，那个抢劫犯应该没有跑远。福尔摩斯也四处观察，突然他看到一个花匠正在花坛中给花浇水，他立即叫其他人员将他抓住。

花匠挣扎道："你们为什么抓我？"

福尔摩斯回答："因为你非常可疑，极有可能是抢劫犯。"

花匠继续抗议说："凡事都要讲证据！你凭什么怀疑我？广场上这么多人，为什么别人不是嫌疑犯？"

其他警员也非常好奇，就向福尔摩斯询问道："为什么你单单怀疑这个人呢？"

福尔摩斯回答："任何一个经验丰富的花匠都知道夏季中午的温度很高，这个时候给植物浇水，植物会因为水温与土壤温度相差大而适应不了并死亡。所以，这个人大中午给花浇水多半是在掩饰什么，这也是我为什么怀疑他。"

其他的警员听后恍然大悟，而那个"假"花匠也不再挣扎，乖乖地跟警察走了。

一个小线索常常能够解决一个很大的问题。

枯萎的玫瑰

一天，正在值班的福尔摩斯接到了报案电话。

报案的是一个花店老板，他在电话里说托马斯是他的老主顾，十年来一直坚持在周五的时候去花店买13朵粉色玫瑰。

但是，最近两个星期，他都没有看到托马斯过来买玫瑰，他非常担心托马斯会有什么不测。

接到报案的福尔摩斯立即带人赶到了托马斯的公寓。他们发现托马斯的家被反锁了，于是强行进入。

进入房间后，福尔摩斯和其他警察发现托马斯已经死了，他的尸体倒在床上，地上还有把手枪，似乎是自杀。

而后，福尔摩斯让法医前来鉴定，报告结果显示托马斯于7天前就死了。

福尔摩斯和警察们对现场进行了勘查，除了床上，其他的地方没有血迹，也没有其他人来过的迹象。

一同随行的人说道："没有任何的线索，房屋都是反锁的，看起来这只是一个简单的自杀案件。"

福尔摩斯没有回答，他只是继续在房间里四处观察，突然他觉得窗台的花瓶有些古怪。

他走到窗前，仔细观察这个花瓶。花瓶本身很普通，里面插着几根枯枝，看起来似乎是玫瑰花的枯枝。

于是，福尔摩斯派警察向花店老板询问托马斯最后一次订花的时间。警察告诉福尔摩斯，花店老板说是两周前的星期五。

福尔摩斯低头思考了一下，立即对身边的人说："这不是一场自杀案，而是谋杀案，需要立案。"

其他的警员都不明所以。

福尔摩斯解释道："你们看，这枯萎的花枝应该是两个星期前的玫瑰花，但是窗台上却没有掉落的花瓣，这只能有一个解释，凶手杀死了托马斯，然后对现场进行清扫，不小心将花瓣处理掉了。之后，他再移尸将现场弄成死者自杀的样子。这个凶手看起来很狡猾啊，差一点儿就被他骗过去了。"

永远都不要忽视小线索，否则就会错过事情的真相。

买包包

The Humorous Story

谁能玩转“案中案”

一件事情的发生，可能是经过了很多的铺垫而累积出来的。要把一件事情理清，除了从源头开始调查，也可以从结果逐渐推理，这个时候就会出现所谓的“案中案”。一切皆有因，复杂的东西也是由一件件小事组成的。

公司老板之死

前几天，强尼家附近的那间老式理发店发生了一起命案。附近居民对这起命案议论纷纷。文森警官和强尼从小是好朋友，他刚好也是这个案子的负责人。于是这案子发生后，强尼马上约文森出来。

文森见强尼这样心急，便也不卖关子了，细细地将案件的前因后果讲给了强尼听。这次命案中的死者是一个公司的老板，他在这家老式理发店刮脸的时候，气管因被割断而死。帮他刮胡须的是理发店老板本人，平时大家对他的评价不错。

“理发店老板做这个好多年了，也没有出过什么问题，这次会不会是意外啊？”听到一半，强尼忍不住发问道。

“理发店老板也说自己是冤枉的。但我们对死者和理发店老板都进行了深入的调查。这一查，居然得到了不少的意外收获！”

“理发店老板一直坚持，人不是他杀的。他说自己帮客人剃须的时候都会格外留神，因为脸上和脖子的皮肤薄，一不小心刮到就会破皮出血。当他刮到死者脖子的时候，死者突然抬起头来，剃刀就将他的气管给割破了。后来我们找了当时在现场的目击证人，他们都证实了老板的这个说法。根据以上的证据，我们可以断定这个公司的老板，也就是死者，他是自杀的。”

“真不可思议，可是这个公司老板怎么跑到别人店里来自杀了！”强尼惊讶地说。

“这个公司老板选择自杀这条路，也一定有他的理由。我们去了他的家里和公司做调查，发现他的公司财政出现了问题，他欠下几百万的债务，已经准备要申请破产了。而且债主几乎天天都上门讨债，死者的家里被闹得鸡犬不宁。”

“可是自杀的方式很多，他干吗要拖不相干的理发店老板下水呢？”强尼还是为理发店老板愤愤不平。

“后来，我们警方又去死者家里做调查，家属说债务已经都偿还了。”

“公司老板不是因为无法偿还债务所以才要自杀的吗？怎么他家人这么容易就把债务解决了？”强尼追问。

“是保险赔偿金。这位公司老板生前为自己买过很多人身意外伤害保险，如果他意外死亡，他的家属就可以得到这笔巨额保险金。”文森说。

“所以说，这个公司老板为了得到这笔赔偿金，只能死于意外，于是就借理发店老板的手结束自己的生命。虽然是欺骗了保险公司，但他为家人也算用心良苦了。”

“原来如此，这里面居然还有这么多的隐情。”强尼感叹道。

理发师的秘密

“你以为事情就这样结束了吗？”文森露出神秘的笑容。

“我们继续调查为什么这个公司老板会选择来这家不起眼的老式理发店做这件事。于是我们去询问理发店老板是否认识死者。想不到，理发店老板居然主动跟我们承认了，多年前他其实涉嫌过一起交通事故，他开车撞死了一名妇女之后逃逸了，警方也一直破不了案。”

“原来理发店老板杀过人啊！”强尼又吃惊了。

“是啊，这个理发店老板在逃逸之后警方一直没能找到他，他也以为自己做的事没有人发现，于是放了心。意想不到的是，理发店老板做的事居然都被那个公司老板看到了，当他目睹了整起事故的发生，还把理发师的车牌号码给记了下来，可是他没有马上说出此事。”

“后来公司老板的财务状况出现了问题，还欠了许多债务，于是他找到理发店老板，告诉他他所知道的秘密，并向理发店老板勒索，共十几万。”

“几次勒索之后，公司老板也知道理发店老板没有钱了，但他欠的债务还是一个无底洞，走投无路的他就想到了自杀，以此得到那笔庞大的赔偿金。但是自杀死亡是不能拿到赔偿金的，于是他想到了理发店老板，然后就有了这起命案。”文森总算把案子解释清楚了。

保险赔偿金

“公司老板去了理发店，对理发店老板说自己也不愿意这样做。他表示愿意把之前勒索理发店老板的所有钱还给理发店老板，只希望理发店老板可以帮他剃一次胡须。起初，理发店老板看到这个公司老板又来找他，决定把这个人解决掉，但不是利用剃刀，而是准备直接打死他。但没想到公司老板会对他说这些话，便打消了杀他的念头。结果，公司老板却用自杀的方式结束了自己的生命。”

“真是太曲折离奇了！”强尼的好奇心得到了很大的满足。

“但是其实公司的老板也是迫不得已的，他为了家人可以生活得好一点儿，宁愿放弃自己的生命，而且他也不是完全不管理发店老板的死活，还是有人性的!”文森感叹道。

“这个公司老板不是一直在敲诈理发店老板，最后还差点儿害他背上杀人的罪名吗？”

“不，其实公司老板在剃须前跟理发店老板说他也不愿意这样做的时候，理发店老板以为他在向勒索的事道歉，并没有意识到他会这样做。而且如果不是公司老板说了这句话，理发店老板也不会心甘情愿交代出这几个案子的始末。”

案中案是如此的复杂，但只要我们足够细心，发现其中的关联之处，答案便会迎刃而解。一个看似简单的事情，背后也会有你想象不到的复杂。事件因果需要我们仔细调查，否则很可能错过真相。

十块都给你

The Humorous Story

竟有这么荒唐的“计划”

世上的事情千变万化，当你以为自己把握着大局，操控着结果时，很可能在最后一秒钟就让你的计划全军覆没。是要安守本分、平安度过一生，还是喜欢险中求胜地度过一生？有些人选择险中求胜地度过一生时，却出现了差错，结果付出了很大代价。

阿尔巴的暮年计划

阿尔巴是非洲一位非常有名的作家，他的作品不仅受到大量读者的热烈追捧，而且还得过许多大奖。不过，已经是暮年的阿尔巴仍不甘心，他还想要留下一本真正的惊世之作，让自己名留青史。经过一番考虑，阿尔巴心里有了一个大胆的主意：写一个即将被执行死刑的人的真实感受。

首先，阿尔巴将自己的妻子送回了娘家，并再三嘱咐她，如果不是自己亲自去接她就一定不要在公开场合露面。接着，他又给自己的老朋友写了封信。这个老朋友可不是普通人，正是当时的总统——他是阿尔巴的书迷，两个人由书成为好友。阿尔巴在信里写了自己的计划，然后在信封后面写了一行字：“除非接到我的通知，否则请不要打开它。”总统尽管对这封信感到好奇，但还是尊重了这个老朋友的计划——把信原封不动地放到了抽屉里。

死囚的真实体验

将妻子送走之后，邻居对她突然的不知所终开始议论纷纷。阿尔巴看到这件事已经开始引起怀疑，就故意对人说："女人，特别像我妻子这样的女人，都是无用的东西，不应该再留下来！"这话传出去之后，大家就不免联想到，他的妻子已经被他杀了，并且越来越多的人开始相信这个说法。

随着时间过去，阿尔巴的妻子一直都没有再出现。有关阿尔巴的妻子被杀这个传言终于惊动了警方，于是他们以涉嫌谋杀罪逮捕了阿尔巴。警方还在阿尔巴家中搜到了沾有血迹的衣服和他妻子留下的小物件。随后报纸上大肆报道："著名作家阿尔巴被控谋杀妻子，屋内发现血衣！"这件事让阿尔巴的书迷和市民一片哗然。

只有阿尔巴自己知道，他的计划进行得很顺利。他被关进了禁闭室，心情轻松地体验着犯人的生活。不久，宣判的日子到了。阿尔巴已经想好了，会在法庭上承认所有的罪状，这将会是著作里重要的一章。最后，法庭判决了阿尔巴罪名成立，判处死刑，并且第二天就执行。

计划如愿地进行着，阿尔巴的心情既紧张又兴奋，却又感到一丝忧虑，因为如果发生一点意外，他可能就会真的被处死了。

弄假成真的秘密信件

回到牢房后，阿尔巴开始给总统写求救信。写好之后，阿尔巴请监狱长把信送给总统，信封写着："急件，致敬爱的总统。"

"什么？"监狱长面对阿尔巴的要求有些不屑，"你都快要执行死刑了，还有什么事关生死的事？要我送过去可以，但是我必须要先看一看里面的内容。"阿尔巴有点着急了，说："你没有必要看，我可以告诉你，信里只有一句话，只是让总统立即做一件事。"

监狱长回到办公室，把信放进了抽屉，不打算帮阿尔巴这个忙。

被关在囚室里的阿尔巴开始感到紧张，他没想到监狱长对自己的请求会如此冷漠："我的信会及时送到总统手上吗？如果信送迟了，那么我……不，一定不会的！"尽管阿尔巴依然对自己万无一失的计划有信心，但这个夜晚他还是深刻地感受到了作为一个死囚的真实感觉。

第二天一早，监狱的门就被打开了，阿尔巴为了自己的计划可以完美地进行，对守卫说："请告诉总统，不到最后关头不要出手，等我上了绞刑架再来救我！”

守卫们面无表情，默默地押着阿尔巴走到死囚行刑的地方。在偌大的刑场里，阿尔巴只看到一个刽子手和死刑执行官，没有其他人，周围死寂一片。阿尔巴被眼前的景况吓到了，脑袋一片空白，当守卫开始把他的手捆起来时，他才突然清醒过来。

“等一下，我有话要说。”阿尔巴尽量维持着平静，不让别人以为他由于恐惧而精神失常。所有人都看着他，这时阿尔巴才平静地说：“一定是搞错了，总统的信使怎么还没到呢？”

俩士兵面面相觑，望向了执行官。执行官面无表情，示意刽子手开始行刑。刽子手准备把一块黑布套在死囚的头上，可是被阿尔巴挣脱了。阿尔巴此时陷入了极度的惊慌，拼命想挣脱被捆绑的双手，大喊着：“等一下！等一下！搞错了！不是这样的！”

阿尔巴完全没有想到会走到这一步，他似乎失去了意识，在这短短时间仿佛过了几个世纪之久。阿尔巴已经无力反抗，被带上了绞刑架，双手被反绑，眼前一片漆黑，原来这就是死囚绝望的感觉。阿尔巴终于得到了他最想要得到的真实感受。

刽子手把阿尔巴脚下的踏板拿掉，阿尔巴感到项脖的绳子和脚下的沉重的沙包使他窒息，他用最后一口气叫道：“等一下！这只是一个玩笑而已……”

几天后，一直忙于招呼外宾的总统才收到阿尔巴被处死的消息，震惊之余，突然想起几个月前收到的那封信，于是马上打开那个厚厚的信封。

得知了阿尔巴这个“天衣无缝”而又无比荒唐的“谋杀案”之后，总统喊了一声：“我的天啊！”事到如今，这件事的真相不能让其他人知道了，于是，总统把信投进了火炉。

阿尔巴这本“惊世之作”最终没有面世，尽管他得到了最珍贵的亲身体验。其实很多时候，不管我们的计划有多么完美，都可能因为非常微小的事将一切打乱。所以，不要认为自己能够操控一切。

我都喝饱了

The Humorous Story

自己成了“替罪羔羊”

“螳螂捕蝉，黄雀在后”，人如果对眼前的事物过于关注而忽略了周围的环境，是很危险的。正如在弱肉强食的大自然中，动物除了要捕食，还要防止自己成为别人的猎物。生存总是不容易，凡事都要思虑前因后果，时刻为自己留一条退路，如果你活下来了，就证明了你是一个强者。

一份侦探工作

伦恩是一个经验老到的私家侦探。这天，他收到了一件老先生麦尔斯拜托的事情。麦尔斯是一位已经60岁的老人，他年轻的时候是一个成功的商人，现在则退休了，生活富裕，也拥有非常高的地位。不过，更令人欣羡的是，他有一个年轻貌美的妻子，叫珍妮花。

正因为有这样一个美貌的妻子，所以麦尔斯要伦恩调查自己的妻子有没有外遇。伦恩用了五天时间进行跟踪，调查了珍妮花平时去的地方，跟什么人交谈，等等。五天结束后，伦恩并没有发现珍妮花有什么异样，于是向麦尔斯报告：珍妮花小姐并没有跟其他男人有亲密的交往。

然而，拿到报告的麦尔斯还是不相信，他眉头紧皱地说：“伦恩，你不是为了安慰我，所以骗我的吧？珍妮花是一个真正的美人，她嫁给我之前还是一个模特，而且她比我整整小了30岁！你只跟踪了她五天，就可以确定她没有其他的男人吗？”

伦恩回答：“是的，先生。这几天珍妮花小姐的行程都很正常，我没有发现有什么不妥，也没有任何迹象证明珍妮花小姐有外遇。”

听到这个答案的麦尔斯并不满意，接着说：“那我需要你再帮我做一件事。你帮我给她写一封恐吓信，内容是：我不但知道你有外遇，而且我还掌握了证据，如果你不想让我告诉你先生的话，就在这个月十号，下午两点钟拿二十万来商场顶楼。如果她真的有外遇的话，她就一定会出现的。”

伦恩听后非常惊讶，他问道：“一定要这样做吗？”

麦尔斯点点头。伦恩将写好的恐吓信寄给了珍妮花，并在十号的下午一点半就来到了商场的顶楼等她。伦恩认为，珍妮花肯定不会来的。通过他对她的调查，伦恩认为珍妮花既然谨守妇道，是没有必要理这封恐吓信的。然而，让伦恩没有想到的是，珍妮花小姐真的出现在他眼前。伦恩惊讶之余，也感叹原来自己的跟踪能力还是不够，居然没有找到一点儿珍妮花有外遇的蛛丝马迹。

珍妮花小姐抱着一个鼓鼓的公文袋走了过来。

伦恩问：“你就是珍妮花小姐吧？”

“是的，你就是写信给我的人？”珍妮花小声问道，一脸的战战兢兢。

“是的，我要的东西你带来了吗？”伦恩问道。

“带来了，所有的钱都在这里。”伦恩打开看了一下，满袋的现金。按照原计划，伦恩并不需要收下这些钱，他只需要将这个情况如实报告给麦尔斯即可。然而，伦恩看到这笔钱，有些禁不住诱惑了。

“先生，”珍妮花害怕地问道，“收到这些钱，你就不会告诉我先生了吧？你要说到做到。”

伦恩听到这些话挣扎了一下，把钱收进了自己的手提包里。

他回答说：“是的，珍妮花小姐。”然后就带着钱离开了。

堕入贪念的陷阱

晚上伦恩跟麦尔斯老先生报告的时候，撒谎说：“珍妮花小姐没有出现。”伦恩并不是因为可怜这位老先生而对他说谎，而是有点儿嫉妒这个有钱人娶了一个年轻貌美的妻子。伦恩知道，一旦他说了实话，那二十万就一定得交还了。另外，伦恩在跟踪珍妮花的过程中，也渐渐地对她产生了兴趣。只要他不说，那么珍妮花也不会向麦尔斯说出实情的，他大可以独占了那笔钱，然后再得到珍妮花这个美女。

不过，聪明的麦尔斯还是对伦恩的话不太相信，继续以怀疑的语气问他："她真的没有出现吗？你不会为了让我安心才这样说的吧？"

"她真的没有出现！如果你不相信我的话，下午你就应该自己去商场顶楼一看究竟，不是吗？"伦恩假装生气地说。

麦尔斯考虑了一会儿，认为伦恩没有欺骗自己的理由，于是相信了伦恩的话，便付给了他报酬，之后也就没有再找他了。

一个星期之后，伦恩对珍妮花念念不忘，忍不住打电话给珍妮花："我是上次在商场顶楼跟你见面的人，明天下午两点，我在公园等你。如果你不出现，我就把你的秘密告诉你的先生。"伦恩没有等珍妮花的任何回复便挂了电话。他知道珍妮花一定会来的。

为了避免珍妮花报警告自己恐吓，这次伦恩比约定时间迟了一点儿才到公园。作为一个资深侦探，伦恩做事一向都比较小心。远远地，伦恩就看到珍妮花在约定的地点等待他。伦恩慢慢地走到了珍妮花面前。

"你来了。我们边走边说吧。"伦恩说完走在前面，珍妮花什么都没有说便跟在他后面。

"你的目的到底是什么？你不是已经得到了一大笔钱了吗？"过了一会儿，珍妮花忍不住地问。

"你最好注意你的言辞，你不要忘了，我可是有你的把柄在手。"

听到这些，珍妮花的情绪还是很平静。

伦恩继续说道："我这次的目的是你。我不希望发生什么谁都不愿意看到的事情，珍妮花小姐，我想你应该知道怎么做。"

伦恩看到珍妮花没有反抗，就把她带到了自己的公寓。

"我还想跟你见面，我威胁你只不过是没有办法的办法。我非常喜欢你。"伦恩跟正准备离开的珍妮花说。

珍妮花看出了伦恩眼中对自己的无限迷恋，笑着说："好吧，不过下次不要白天见面，太危险了，我们约晚上吧。到时候你打电话给我，不过……如果是女佣接的电话，我希望你说谎骗她。"

生日礼物

“为什么？”

“家里的那个女佣是我先生的眼线，她一直都在监视我，而且会偷听我的电话，一有电话找我，她就会告诉我的先生。”

“那我要怎么找你呢？”

“如果是女佣接电话，你就让她请我先生听电话，我会在你和我先生约见的地方等你。”珍妮花说。

“好的，我知道了。”伦恩心里感到很开心。

百辞莫辩的替罪羔羊

几天后，伦恩按照约定打电话到麦尔斯先生家里：“麻烦你转告麦尔斯先生，今晚九点，我在湿地公园等他。”

“好的，我会帮你转告。”女佣客气地回道。

到了晚上，伦恩开车到了湿地公园，一路上心情愉悦。

“那个女人看来是被我迷倒了。她不只美丽动人，而且还是千万财产的继承人，只要那个老男人死了，我就跟她结婚，简直太好了！”伦恩心里打着自己的如意算盘。

在公园里等了一个小时的伦恩还没有看到珍妮花小姐的身影，他又耐心地抽了几根烟等待着，虽然当了多年的侦探，等待已经是家常便饭，但心里还是有点儿烦躁。

两个小时过去了，珍妮花还是没有出现，于是伦恩就打电话到麦尔斯家里，试探地问女佣珍妮花到哪里去了，女佣回答夫人已经睡觉了。

伦恩想不通是怎么回事，于是就无趣地回家了。

第二天一早，伦恩正准备出门，门口就来了两位警察，手中拿着逮捕令，说：“我们怀疑你跟昨晚一宗谋杀案有关，希望你跟我们回警局。”

“谋杀？谁被杀死了？”伦恩一脸疑惑。

“麦尔斯。”两位警察也没多说什么，就用手铐将伦恩带回了警局。

来到了警局，警察开始盘问伦恩：“你认识麦尔斯吧？”

“是的，他曾经是我的客人。”伦恩回答。

“昨晚是你约他到湿地公园，然后把他杀死了，是吗？”这个警察面无表情，认真地问道。

“这不可能！我为什么要杀死他？我们没有什么过节！他真的被杀死了吗？”伦恩还是难以置信。

“可是我们在死者身旁搜到了这个。”警察把一个打火机拿了出来放在伦恩面前，“这个打火机刻着你的侦探社的名字，还有你名字的缩写，是你的没错吧？”

伦恩认出来了这个打火机。由于他有好几个这样的打火机，所以这个打火机什么时候丢的，自己也不知道。

“还有，昨晚你去了湿地公园，公园的管理员还认得你。”警察继续说着，“我们也问了你公寓的管理员，他也证实了你昨晚的确出过门。此外，死者的妻子也说你曾经给她先生打过电话，约他出去。”

“珍妮花说的？”

“是的，她和她家的女佣都可以做证。现在，你还想否认你把麦尔斯约到湿地公园然后把他杀害了吗？”

“我的确去过湿地公园，可是我约的不是麦尔斯先生，而是珍妮花！”伦恩有点儿着急。

“你是说，你要约珍妮花出来，所以打电话给麦尔斯？”

“没错……”伦恩终于明白了，这些都是珍妮花的诡计，打火机一定是她在自己公寓的时候偷的。

“我知道了，是珍妮花，凶手是珍妮花！不是我，我上了她的当！”

“你打算用这个借口为自己脱罪吗？”警察冷淡地说。

“不，这是事实。珍妮花为了得到麦尔斯的遗产，所以把他给杀死了。”

“先生，你不觉得这种说法太牵强了吗？死者都已经60岁了，不用很久珍妮花也会得到他的遗产，她有必要冒险杀死他吗？”

“有！因为珍妮花有外遇，如果她先生知道，她将一毛钱都得不到，所以她就先下手为强，将她先生给杀了。”

“可是伦恩先生，在你之前给麦尔斯的调查报告上可是写着‘珍妮花小姐谨守妇道，并没有跟其他男人有亲密的交往’这样的结论啊。”

“她真的有其他男人！”伦恩尽量使自己冷静下来，然后说出了恐吓信的事情。

“恐吓信的事，麦尔斯的太太也说过了，她说自己并没有理会那封信，更没有去过商场的顶楼。”警察似乎已经把事情都掌握得差不多了。

“不，她有来过，还给了我二十万。”

“你有证据吗？”

伦恩没有说辞了，因为就算拿出二十万，也证明不了什么，况且自己还告诉过麦尔斯她并没有去商场顶楼！

“怎样？有证据吗？”警察用讽刺的语气说道。

伦恩感到十分无助，他只好说：“无论如何，我都没有要杀死麦尔斯先生的动机，他只是我的一个客户而已啊！”

“你有，因为你喜欢上了他的太太。珍妮花小姐已经跟我们说了，你将她骗到你的公寓，并侵犯了她。你对她说，要她离开麦尔斯，跟你在一起。珍妮花小姐拒绝了，你就迁怒于麦尔斯，于是将他杀了！这样你就可以得到珍妮花小姐，还有麦尔斯的巨额遗产。”

“不是这样的！是她自愿跟我发生关系的。”

“她为什么要接受你的摆布呢？”

“因为我有她外遇的证据啊！她怕我告诉她先生，所以不敢反抗我。”

“说了这么久，伦恩先生，你一直都在自相矛盾，你的调查报告写着，珍妮花小姐并没有外遇。”说完，警察就走出了侦查室。

过了两天，警察又将伦恩带到侦查室，说：“我们已经彻底地调查过了，很遗憾地告诉你，珍妮花小姐并没有外遇，她确实是一个忠贞的妻子。”

伦恩绝望了，他知道自己已经掉进了珍妮花的陷阱——从一开始，珍妮花就知道那封信是她先生试探她的把戏，于是就将计就计，自己没有外遇也去赴约。

至此，伦恩的贪念让自己百辞莫辩。现在伦恩已经成为一只毫无反击之力的替罪羔羊，说什么也没用了。

外国咖啡

图文编辑：杨　静　薛金博
美术编辑：刘晓东
插图绘制：袁　野